BUCH&media

AF009705

»Mit dem Papa ist das so eine Sache. Er wohnt nicht mehr bei uns.« Der kleine Quirin kann nicht verstehen, warum sich seine Eltern nicht mehr gern haben. Und dann auch noch diese neue Frau vom Papa, die unbedingt mit ihm und dem Andy befreundet sein will. Ihrem Sohn, dem Steppke, streicht der Papa viel zu liebevoll über die Haare. Die Mama kommt auf einmal mit so einem Ludwig daher – ihrem »Kollegen« – und dessen Geigengewinsel geht dem Quirin ganz schön auf die Nerven.

Mit großem Einfühlungsvermögen für alle Parteien schildert Dietrich Bächler, was heute viele Familien betrifft: eine Scheidung. Doch was für die Gesellschaft längst zum Alltag gehört, bedeutet für die involvierten Kinder immer noch den Weltuntergang. Eines dieser ungezählten Kinder lässt Bächler nun zu Wort kommen, und erweitert so die Diskussion über das Thema um einen wichtigen Blickwinkel. Ein Blickwinkel, der deutlich macht, wie wütend und hilflos ein Kind dem Auseinanderdriften seiner Familie gegenübersteht, wie viel Versöhnlichkeit und Verständnis man ihm jedoch zutrauen kann, wenn man ihm Zeit gibt.

»Wir müssen wieder eine richtige Familie werden, ohne den Papa«, beschließt Quirin. »Den Ludwig, den machen wir einfach zu einem von uns.«

Dietrich Bächler, geb. in München, studierte Rechtswissenschaften in Tübingen und München. Von 1959 bis 1994 war er im Bayerischen Wissenschafts- und Kunstministerium tätig, zehn Jahre als Leiter der Universitätsabteilung, zuletzt als Leiter der Kunstabteilung. Seit seiner Pensionierung arbeitet er in der Direktion des Germanischen Nationalmuseums in Nürnberg. Von Dietrich Bächler sind außerdem lieferbar: »Der beamtete Korse«, Satirischer Roman (2000); »Anschlag auf Goethe«, Roman (2000); »Der Überflieger«, Roman (2003); »Ruhestand«, Roman (Allitera 2004), »Engelsbotschaft«, Erzählungen (Allitera 2005), »Reden wir nicht über Philipp. Zwiegespräche« (Buch&media 2007).

Dietrich Bächler

Scheidungskinder

Quirins Erzählung

BUCH&media

Weitere Informationen über den Verlag und sein Programm unter
www.buchmedia.de

Bibliografische Information der Deutschen Nationalbibliothek

Die Deutsche Nationalbibliothek verzeichnet diese Publikation in der
Deutschen Nationalbibliografie; detaillierte bibliografische Daten sind im
Internet über http://dnb.d-nb.de abrufbar.

Dezember 2008
© 2008 Buch&media GmbH, München
Umschlaggestaltung: Kay Fretwurst, Freienbrink
Herstellung: Books on Demand GmbH, Norderstedt
Printed in Germany · ISBN 978-3-86520-348-9

I

Zwei Jahre war ich Quirins Trompetenlehrer. Es hat mir viel Freude gemacht, ihn zu unterrichten. Er war ungewöhnlich begabt und geradezu verliebt in sein Instrument. Was mir aber besonders auffiel: für sein Alter von acht bis neun Jahren, redete er erstaunlich wortgewandt. Er konnte geradezu druckreife Sätze formulieren, und obendrein war es häufig originell und pfiffig, wie er sich ausdrückte.

Seine Eltern ließen sich damals scheiden, und die Probleme, die damit verbunden waren, beschäftigten ihn sehr. Da er Vertrauen zu mir hatte, erzählte er mir viel darüber und über das Leben mit seinem Bruder Andy, an dem er besonders hing. Nach dem Unterricht blieb er regelmäßig noch eine halbe Stunde bei mir, um mir zu berichten. Bald hab' ich mich entschlossen, seine Erzählungen auf Band aufzunehmen. Er hatte nichts dagegen.

Schließlich versuchte ich, die Aufnahmen zu Papier zu bringen. Ich musste die Geschichten zeitlich ordnen. Quirin hatte vieles durcheinander berichtet. Manche Sätze waren unvollständig und bedurften der Ergänzung. Auch habe ich einige Sätze umformuliert, um die beabsichtigte Aussage verständlicher zu machen. Soweit irgend möglich, erhielt ich jedoch den Originalton. Ich fand ihn wert, so überliefert zu werden.

Es gibt viele Schilderungen über Eheprobleme, Scheidungen und Patchwork-Familien aus der Sicht der beteiligten Erwachsenen. Die Hauptbetroffenen aber, meine ich, sind die Kinder. Quirin ist einer davon. Lassen wir ihn zu Wort kommen.

II

Noch ist mein Bruder Andy stärker als ich. Er geht in die vierte, ich geh' in die zweite Klasse. Wir raufen oft miteinander. Gewonnen hat, wer den anderen aufs Kreuz legt und seine Arme auf den Boden drückt. Meine Chance ist die Schnelligkeit. Ich stelle Andy ein Bein, wenn er gar nicht damit rechnet. Dann stürzt er, und ich stürz' mich auf ihn. Wenn ich Glück hab', fällt er auf den Rücken. Ehe er das begreift und sich unter mir auf die Seite drehen kann, drücke ich seine Arme auf den Boden und schreie »Sieg«.

Natürlich will er das nicht gelten lassen. Seine Schultern seien gar nicht am Boden gewesen, behauptet er. Und wenn ich ihn dann einen Schwindler nenne, wird er wütend, und ich muss schnell davon rennen. Erwischt er mich, wird er grob, zieht mich an den Haaren oder gibt mir Kopfnüsse. Wenn es mir zu viel wird, schreie ich kräftig. Dann kommt die Mama und schimpft den Andy, weil der der Ältere ist und vernünftig sein müsse. Es hat doch Vorteile, der Jüngere zu sein. Überhaupt dürften wir im Wohnzimmer gar nicht raufen, schreit die Mama. Sie schreit immer gern, weil sie meint, dass wir dann besser folgen. Aber da täuscht sie sich.

Warum, denke ich, soll das Wohnzimmer zum Raufen nicht geeignet sein. Wir haben dort am meisten Platz. Zwischen den Möbeln ist ein großer Zwischenraum, mit einem dicken, weichen Teppich, die ideale Ringermatte.

Unser Kinderzimmer ist viel kleiner, und auf dem Boden liegen viele Spielsachen, Autos aus Blech oder Bausteine aus Holz. Wenn ich da den Andy draufwerfe oder er mich, tut's weh.

Übrigens heiße ich Quirin, das habe ich noch gar nicht gesagt. Ein blöder Name, finde ich. Quirin soll ein römischer Gott gewesen sein. Aber was hab' ich mit einem römischen Gott zu tun? Kein anderer Junge heißt so in unserer ganzen Schule mit 350 Kindern. Mich hat man ja nicht gefragt, wie ich heißen will. Mein Papa ist Archäologe. Ich habe lange gebraucht, bis ich dieses Wort aussprechen konnte. Er gräbt nach Altertümern. Vielleicht ist er dabei auch mal auf diesen Quirin gestoßen. Und schon hatte ich den Namen weg.

Mit Papa ist das so eine Sache. Er wohnt nicht mehr bei uns. Schon seit drei Jahren nicht mehr. Er hat eine eigene Wohnung. Wenn ich ihn frage, »warum?«, gibt er keine rechte Antwort. Einmal hat er gesagt, »weil Mama und ich uns so viel gestritten haben.« Ich streite mich auch oft mit Mama und noch mehr mit meinem Bruder Andy. Aber das geht vorüber, und dann sind wir wieder gut miteinander. Das ist wie mit dem Wetter. Einmal regnet es, und einmal scheint die Sonne. Das kann man nicht ändern. Und immer Sonne wäre auch langweilig.

Beim Papa sind wir nur einmal in der Woche, entweder am Samstag oder am Sonntag. Er ist immer nett zu uns und schimpft nicht wie die Mama, nicht einmal, wenn wir in seinem Wohnzimmer raufen. Wir müssen auch keine Hausaufgaben bei ihm machen und nicht üben. Und fast jedes Mal geht er mit uns zu der italienischen Eisdiele um die Ecke. Dort dürfen wir uns zwei Kugeln Eis aussuchen. Andy will immer nur Schokoladeneis, ich Erdbeer und Vanille.

Papa hat auch eine Tafel Schokolade für uns. Die dürfen wir uns teilen. Mama sollen wir das nicht erzählen. Sie kann Süßigkeiten nicht ausstehen, weil sie meint, dass sie unsere Zähne kaputt machen.

Das mit dem »Üben« muss ich noch erklären. Wir spielen nämlich beide Instrumente, Andy Geige und ich Trompete. Den Andy beneide ich nicht um seine Geige. Schon wie er die unters Kinn klemmen muss, und das Gekratze mit dem Bogen! Und dann hat er keine Ventile oder Tasten, sondern muss die Töne selber mit dem Finger auf der Saite suchen. Und überhaupt blas' ich viel lauter als er kratzen kann. Wir können auch nie gleichzeitig üben, ich im ersten Stock und er unten im Wohnzimmer. «Dann hört der Andy seine eigenen Töne nicht mehr«, sagt die Mama. Mich würde sein Gekratze nicht stören, wenn ich blase. Üben müssen wir beide, hintereinander, jeden Nachmittag, mindestens eine halbe Stunde, nur nicht an den Tagen, an denen wir beim Papa sind. Die Mama ist da unerbittlich. Sie spielt selber Klavier, nicht beruflich, nur so zum Spaß. Ich versteh' das nicht. Klavier ist so kompliziert. Ich hab' mir Klaviernoten angeguckt. Da stehen vier, fünf Noten übereinander, die man alle gleichzeitig spielen muss. Ich spiel' auf meiner Trompete immer nur eine Note. Das reicht auch. Damit kann man jede Melodie spielen, kräftig und schön. Ich kann schon gut ein Dutzend Volkslieder. Und an Weihnachten hab' ich fünf Weihnachtslieder geblasen. »Ihr Kinderlein kommet«, »Oh du fröhliche«, »Vom Himmel hoch«, »Es ist ein Ros entsprungen« und »Stille Nacht«. Andy hat auf seiner Geige nur drei Weihnachtslieder gespielt und die nicht ohne zu kratzen. Wir haben gestritten, wer zuerst spielen darf vor dem brennenden Weihnachtsbaum. Mama hat dann entschieden, dass der Jüngere zuerst kommt. Das fand ich richtig. Sie hat uns beide auf dem Klavier begleitet. Neben meiner Trompete war davon nicht sehr viel zu hören, neben Andys Geige schon, da war das Klavier die Hauptsache.

Im Beruf ist die Mama Lehrerin für Deutsch und Englisch an einem Gymnasium. In der Frühe bringt sie Andy und mich mit dem Auto in unsere Schule. Wir müssen spätestens um dreiviertelacht Uhr dort sein, damit die Mama noch rechtzeitig vor acht Uhr in ihre Schule kommt. Das bringt den schlimmsten Terror jeden Morgen. Immer das Geschrei: »Tempo! Schickt euch, seid ihr noch nicht angezogen!« Wo ich doch noch halb im Traum bin. Da soll man dann essen. Ich bring kaum einen Bissen runter. Andy auch nicht. Meistens lassen wir unsere Marmeladesemmel auf dem Teller liegen.

Mittags müssen wir in die Mittagsbetreuung, weil uns Mama erst um zwei Uhr abholen kann. Ungefähr zwanzig Kinder sind da in einem großen Kellerraum. Die einen essen, die anderen sind schon fertig und machen Spiele oder Hausaufgaben. Das Essen wird in großen Behältern mit dem Auto gebracht und steht dann auf dem Gang. Die Aufsicht gibt uns davon mit der Schöpfkelle auf den Teller. Ich schrei' immer ›wenig‹. Nur bei Nudeln mit Tomatensauce sage ich nichts. Die Luft ist schlecht und das Essen riecht man schon von weitem, wenn man sich auf dem Gang nähert. Hausaufgaben mach' ich in dem Raum nicht. Wenn es nicht in Kübeln regnet, geh' ich nach dem Essen in den Hof und spiel' mit meinen Freunden Fußball. Auch Andy ist oft dabei. Der rennt wie blöd hinter dem Ball her. Ich steh' lieber im Tor. Dazu nehmen wir die Tür von der Hausmeisterwerkstatt. Wenn ich den Ball nicht halten kann, donnert er ganz schön gegen die Bretter. Aber der Hausmeister arbeitet um diese Zeit nicht. Er sitzt in seiner Wohnung beim Mittagessen. Blöd sind die niederen Bälle, weil ich mich auf den Boden werfen muss, wenn ich sie halten will. Meine Hosen werden davon ganz schön dreckig. Die Mama schreit dann wieder und nennt mich einen ›Saubären‹. Entweder Sau oder Bär, hab' ich neulich gesagt. Beides geht nicht. Da hat sie mir eine gelangt. Das macht sie selten. Nur wenn sie ganz schlecht drauf ist und ich sie reize.

In unserer Klasse sind wir vierzehn Mädchen und zwölf Buben. Die Mädchen sind viel eifriger als die Buben. Die haben ständig die Finger oben und wollen zeigen, wie viel sie wissen. Ich melde mich selten. Wir schreiben ja auch Proben in Mathe und in Deutsch und so. Da sieht die Lehrerin schon, dass ich nicht blöd bin. In der Reihe vor mir sitzen zwei Mädchen, die Stephanie und die Rebekka. Die Stephanie ist blond und hat lustige blaue Augen. Ihre Haare sind hinten zu einem dicken blonden Zopf zusammengebunden. Den Zopf hab' ich immer vor mir. Da musste ich einfach von Zeit zu Zeit daran ziehen. Wenn die Stephanie nicht damit rechnete, erschrak sie und gab so eine quäkenden Laut von sich. Dann schimpfte die Lehrerin. Die Stephanie sagte ihr nicht, warum sie gequäkt hat. Sie verpetzte mich nicht, weil sie mich mag.

Gestern allerdings hat mich die Rebekka verpetzt. Die ist nur neidisch, weil sie keinen blonden Zopf, sondern kurze schwarze Haare hat, an denen sie niemand zieht. Die Lehrerin hat mich geschimpft, und ich musste mich den Rest der Stunde ins Eck stellen. Jetzt kann ich die Stephanie nur noch in der Pause am Zopf ziehen. Wir spielen Fangerles. Ich bin schneller als sie, und wenn ich sie gefangen hab', zieh ich sie am Zopf, natürlich nur, wenn die Pausenaufsicht nicht herschaut. Die Stephanie quäkt dann auch nicht. Sie weiß ja, was kommt. Sie lacht mich an und ruft: »Hör auf, Quirin!« Aber sie meint das nicht ernst.

III

Wir haben auch einen Opa und eine Oma. Das sind die Eltern von der Mama. Wir sind oft bei ihnen. Manchmal sind sie auch bei uns. Sie haben ein Reihenhaus wie wir. Ihr Garten ist etwas größer. Aber er ist auch nicht groß genug, um richtig darin Fußball zu spielen. Ständig fliegt der Ball über die Hecke zum Nachbarn. Ich soll ihn dann dort holen, sagt der Andy, weil ich der Kleinste bin und am besten durch die Hecke schlüpfen kann. Ich mag aber nicht, ich hab' Angst vor der Nachbarin, die immer so bös schaut. »Der Garten ist kein Fußballplatz«, hat sie mich einmal angeknurrt. Was soll man denn sonst tun mit diesem blöden Garten?

Die Oma will am liebsten, dass wir ruhig am Tisch sitzen. Besonders bei den ewigen Mahlzeiten. Immer hat sie den Tisch fein gedeckt mit einer weißen Tischdecke. Und dann gibt es Spaghetti mit Tomatensauce, und die Decke soll keine roten Flecken kriegen, auch nicht das Polster auf meinem Stuhl mit dem blau-weiß gestreiften Überzug. Auf den legt die Oma vorsichtshalber ein Handtuch. Das verrutscht aber leicht, wenn ich nicht still sitze, und dann kriegt der Überzug doch einen Spritzer ab. Die Oma rennt dann in die Küche, um einen nassen Lappen zu holen. Solange sie an dem Flecken ruppelt, darf ich wenigstens aufstehen und kurz durch das Wohnzimmer rennen.

Am liebsten esse ich Kartoffelknödel mit viel Bratensauce. Da spritzt es auch nicht so, weil die Knödel die Sauce aufsaugen. Knödel schaffe ich mehr als der Andy. Drei ess' ich mindestens, der Andy fängt schon beim zweiten an langsam zu kauen. Er denkt immer an die süße Nachspeise, an einen Pudding oder so etwas. Mir sind die Knödel lieber.

Nach dem Essen dürfen wir wieder nicht rennen. Die Oma sagt

»Jetzt ist Mittagsruhe. Die Nachbarin liegt im Liegestuhl und will schlafen. Holt euch ein Buch und lest.« Die meisten Kinderbücher, die es bei Opa und Oma gibt, gefallen mir nicht. Da kommen Prinzen und Prinzessinnen vor und Zauberer, die durch die Luft fliegen können, oder Tiere, die reden oder sich in einen Menschen verwandeln. Das gibt es doch alles nicht. Ich möchte Geschichten lesen, die es wirklich gibt, Geschichten von Buben und Mädchen, die so sind wie Andy und ich oder Stephanie und Rebekka.

Ganz in der Nähe von Opas Haus ist ein großer Wald. Manchmal geht der Opa mit uns dorthin, und Mama und Oma ruhen sich so lange aus oder kochen oder machen den Kaffee. Andy ist immer ganz begeistert, wenn wir in den Wald gehen. Ich laufe nicht so gerne mit Erwachsenen, ohne Fangerles und so. Der Wald ist sehr verwildert. Umgestürzte Bäume liegen herum und viele abgebrochene Äste. Vielleicht hat der Sturm das alles verwüstet. Der Opa sagt, die Bäume seien krank von der schlechten Luft, die aus den Autos kommt und aus den Kaminen.

Jedenfalls kann man auf den umgestürzten Bäumen herumklettern. Das ist interessanter als Spazierengehen. Andy will aus den abgebrochenen Ästen unbedingt etwas bauen. Er muss immer basteln und bauen. Der Opa ist auch dafür. Sie schleppen große Äste auf einen Platz, stellen sie auf und fügen sie oben so zusammen, dass es ein Zelt gibt. Ich sage, dass mir die Äste zu schwer sind, um sie zu schleppen. Da meint der Opa, ich solle kleinere Äste nehmen und sie auf die schrägen Seitenwände legen, damit sie dichter werden. Zwei, drei lege ich drauf. Dann krieche ich mit Andy in das Zelt. Der Opa mag nicht mitkommen. Er kann sich nicht so tief bücken, sagt er, weil ihm das Kreuz weh tut. Auch will er seine Hosen nicht schmutzig machen. Wenigstens sagt er nicht, wir müssten auf unsere Hosen aufpassen. Sobald wir im Zelt sitzen, will der Andy Familie spielen. Wir legen uns hin und schlafen. Dann macht der Andy ›Bimmelim‹ wie der Wecker. Wir stehen auf, fahren uns im Gesicht herum wie beim Waschen, steigen in die Hosen, die wir schon anhaben, kochen Kakao und richten die Brötchen, alles mit kleinen Stäbchen, die wir von den

Ästen brechen. Der Andy möchte das lange so weiterspielen, Mittagessen kochen, Mühle spielen mit den Stäbchen, Geschirr abwaschen. Mir wird das bald langweilig. Ich mach' alles lieber ›in echt‹. Essen und Spiele machen und so.
Der Opa drängt auch zum Aufbruch. Er hat kalte Füße. Kaum sind wir im Haus, müssen wir schon wieder an den Tisch. Jetzt wollen die Erwachsenen Kaffee trinken und Kuchen essen. Andy und ich kriegen Apfelsaft. Kuchenbacken ist Omas Leidenschaft. Aber sie bäckt nicht immer den richtigen. Obstkuchen mit Äpfeln oder Johannisbeeren oder Zwetschgen, die sind in Ordnung. Schrecklich schmeckt das, was sie mit Begeisterung einen ›Hefezopf‹ nennt, ein trockener Teig, der mir im Hals stecken bleibt. Ich sag' dann, dass ich nichts mehr essen kann, mit dem besten Willen nicht. Oma ist besorgt, ob mir was fehlt und will mir unbedingt einen Pfefferminztee kochen. Pfefferminztee aber ist fast so schlimm wie Hefezopf. Also sage ich Oma, dass sie ganz ruhig sitzen bleiben und sich ausruhen soll. Mir fehlt gar nichts, sage ich, ich bin nur satt, einfach satt vom Mittagessen. Wenn die Erwachsenen endlich ihren Kaffee geschlürft und den Hefezopf vertilgt haben, will der Opa uns immer noch nicht raufen lassen, sondern Spiele machen, alle zusammen rund um den Tisch. ›Fang den Hut‹ zum Beispiel. Die Oma spielt nie so richtig auf Sieg. Wenn sie mich fangen könnte oder den Andy, übersieht sie das oft. Ich glaub' nicht, dass sie das wirklich nicht sieht. Sie will uns einfach nicht ärgern. Der Opa ist da brutal. Er fängt mich auch, wenn ich nur noch einen Hut habe. Andy und ich spielen am liebsten das große Memory, bei dem man zwei Teile eines großen Gemäldes aufdecken muss. Wir gewinnen immer mit weitem Abstand vor den Erwachsenen, einmal der Andy, das andere Mal ich. Wenn eine Karte aufgedeckt wurde, merke ich mir ihren Platz sicher über mehrere Runden. Mama, Opa und Oma haben die Karte längst vergessen. Die Erwachsenen können eben nicht alles besser. Der Opa sagt, das liege daran, dass er schon so viele Daten im Kopf habe, viele, viele Millionen. Da habe er nicht mehr so viel Platz. Aber das glaube ich ihm nicht.

IV

Schon lange habe ich die Mama geplagt, sie soll die Stephanie zu uns einladen, damit ich länger mit ihr spielen kann. Immer nur die viertel Stunde in der Pause, das ist mir zu wenig. Mama wollte erst nicht. »Ein Bub aus deiner Klasse passt doch besser zu dir als Spielkamerad«, meinte sie. »Ob Bub oder Mädchen, das ist nicht wichtig«, sagte ich. »Ich versteh' mich eben am besten mit der Stephanie.«

Von Andy hab ich gelernt, dass man nicht nachgeben darf. Immer dasselbe wiederholen, zehnmal am Tag und das mindestens eine Woche lang. Erwachsene halten das nicht aus, zumindest unsere Mama nicht. Schließlich hat sie Stephanies Mutter angerufen. Die hatte keine Bedenken. Am Mittwoch, sagte sie, kann meine Mama die Stephanie mitnehmen, wenn sie mich von der Mittagsbetreuung abholt. »Dann müssen die Kinder aber erst zusammen ihre Hausarbeiten machen.« Ich fand das blöd. Ich hätte die Hausaufgaben ja auch am Abend machen können. Aber besser die Stephanie mit Hausaufgaben als keine Stephanie, sagte ich mir dann.

Am Mittwoch war ich schon in der Schule ziemlich aufgeregt. Ich hab' mir immer überlegt, was ich dann mit der Stephanie spielen soll und deshalb beim Rechnen nicht aufgepasst. Die Lehrerin hat das wohl gemerkt und mich aufgerufen. Ich konnte nichts sagen, weil ich die Frage gar nicht gehört hatte. Ich stand dumm da und bekam einen roten Kopf. Die Stephanie hätte mir einsagen können. Aber das tat sie nicht. Sie drehte sich nach mir um und kicherte. Ich fand das blöd und konnte mich gar nicht mehr so sehr auf den Nachmittag freuen.

Dann stand auch noch der Andy unter der Tür und grinste, als wir zu Hause mit der Stephanie ankamen. Sonst hat er immer am Mittwoch Geigenstunde und ich hatte mir extra diesen Tag ausgesucht, damit ich mit der Stephanie allein bin. Aber der Geigenlehrer hatte die Grippe, ausgerechnet an diesem Tag. Mein Trompetenlehrer bekommt nie die Grippe. Erst ging es ja noch ganz gut, weil die Mama den Andy vom Kinderzimmer fernhielt. »Der Quirin und die Stephanie dürfen bei den Hausaufgaben nicht gestört werden«, sagte sie. Wir saßen nebeneinander am Tisch, und ich bewunderte die Stephanie, weil sie so schöne, zierliche runde Zahlen schrieb auf dem Mathe-Bogen. Meine sind ungelenk, eckig und stehen kreuz und quer. Auch kann sie schneller zusammenzählen und abziehen über die Zehnergrenzen hinweg. Ich ließ sie machen und wartete, dass sie sich einmal verhaspelt in ihrem Tempo. Dann zupfte ich sie am Ärmel und sagte leise: »Langsam, du hast dich verrechnet!« Im Deutschen sollten wir Fragen beantworten zu einer Geschichte, die im Buch stand. Die Stephanie wollte lange Antworten geben mit mehreren Sätzen. Ich meinte, ein Satz genügt. Mein Satz sagte so viel wie ihre vielen Sätze. Aber das wollte sie nicht einsehen. »Dann schreib' halt viel und ich schreib' wenig«, sagte ich. Streit wollte ich nicht mit ihr.

Nach den Hausaufgaben holte ich die große Kiste mit den Kapler-Stäben. Das ist mein liebstes Spielzeug. Ich kann damit hohe Türme, große Brücken und Gebäude bauen, auch farbig, weil ich naturfarbige und bunte Holzstäbe hab'. »Wir bauen eine große Autobrücke«, sagte ich zu Stephanie. »Ich zeige dir, wie es geht. Wir bauen nach einem Plan wie ein richtiger Architekt.« Aber die Stephanie war nicht so recht bei der Sache. Wenn ich ihr den Bauplan erklärte, sagte sie immer nur ›ja‹, nahm aber keinen Stab in die Hand. »Bau du nur weiter«, sagte sie, »ich schau erst mal zu.«

Dann ging die Tür auf und der Andy kam herein. »Du mit deinen blöden Kapler-Stäben!«, sagte er. »Ich lass' mal meinen Hubschrauber fliegen.« Auf den ist er mächtig stolz. Den hat ihm der Papa zu Weihnachten geschenkt. Es ist aber nur ein ganz kleiner, popeliger. Man kann ihn mit der Fernsteuerung im Zimmer Kurven fliegen lassen. Mich lässt der Andy nicht damit spielen. »Da bist du zu blöd«, sagt er, »du machst ihn nur kaputt.« Als der Geigenlehrer keine Grippe hatte und der Andy in der Geigenstunde war, habe ich den Flieger längst ausprobiert. Etwas Gebrumm und ein paar Kurven, das ist alles. Aber die Stephanie rief gleich »Ah« und »Oh« und »toll« und glotzte sich die Augen aus dem Kopf nach dem kleinen Brummer, den der Andy über ihrem Kopf kreisen ließ. Da stolperte der Andy, der nur nach oben schaute, auch noch über meinen Brückenkopf, den ich schon fertig hatte, und das ganze Gebäude stürzte ein.

Ich bin nicht so leicht zornig. Bei dem Andy brennen die Sicherungen viel schneller durch. Aber manchmal steigt die Wut ganz plötzlich in mir hoch, so, dass ich sie nicht mehr zurückdrängen kann, sondern zuschlagen muss oder irgend etwas kaputt machen. So ging es mir, als der Andy meinen Brückenkopf zerstörte. Ich holte mit dem rechten Bein aus und schlug dem Andy meinen Turnschuh voller Wucht gegen das Schienbein. Eigentlich sage ich es so nicht richtig. Meine Wut war es, die ins Bein fuhr und zuschlug.

Der Andy hat ganz fürchterlich aufgejault, und dann ist er über mich hergefallen. Ich hatte keine Chance zu entwischen. Die Stephanie hat mir auch nicht geholfen. Sie stand nur stumm daneben und guckte. Der Andy warf mich auf den Boden, stürzte sich auf mich und trommelte mit den Fäusten auf mich ein. Da konnte nur noch Geschrei helfen. Schreien, als ob man mich umbringen würde, das hat die Mama noch immer alarmiert, und wenn sie im Keller beim Bügeln war.

Sie kam auch prompt die Treppen hochgestürmt. »Andy, du hörst sofort auf!«, schrie sie. »Immer über den Kleinen herfallen, schäm dich!« Ich sag' ja, man ist im Vorteil, wenn man der Jüngere ist. Der Andy wollte sich verteidigen. »Der Quirin hat angefangen und mich gegen's Scheinbein getreten«, sagte er. Aber die Mama wollte auf Einzelheiten nicht eingehen. »Eure Ausreden interessieren mich nicht«, sagte sie. »Schämt euch vor der Stephanie. Die wird nicht mehr zu uns kommen, wenn ihr solche Raufbolde seid.« Die Stephanie widersprach nicht einmal, sondern nickte stumm mit dem Kopf.

Die Mama sagte, sie werde jetzt mit uns ein Spiel machen, damit Ruhe ist. Und die Stephanie dürfe sich das Spiel aussuchen. Sie wählte ›Mensch ärgere dich nicht‹. Ich finde das schrecklich langweilig. Man würfelt sich im Kreis herum, und wenn man meint, endlich am Ziel zu sein, wird man rausgeworfen und fängt wieder von vorne an. Ich hab' die Stephanie nicht geschont, sondern sie so oft ich konnte rausgeworfen. Sie hätte mir ja beistehen können gegen den Andy, statt den popeligen Hubschrauber zu bewundern.

Am nächsten Tag hab ich sie in der Pause auch nicht am Zopf gezogen. Ich ließ sie stehen und spielte Fangerles mit anderen Buben meiner Klasse. Die sind schneller. Aber gefangen hab' ich sie auch.

V

Papa hat eine Freundin. Mama sagt, die hat er schon lange. Sie ließ sich aber nie blicken, wenn wir Papa besuchten. Neulich war sie zum ersten Mal da. Andy fand sie schrecklich. Ich kann das nicht sagen. Sie ist so ein ähnlicher Typ wie Mama, dunkelhaarig und schlank, nur ein wenig größer und einige Jahre jünger, schätz' ich. Auch hat sie mehr Schminke im Gesicht als Mama, allerdings nicht auf den Fingernägeln, das finde ich positiv.
»Ich heiße Julia«, sagte sie. »Und wie heißt ihr?« Als ob sie das nicht schon lange wüsste, wenn sie Papas Freundin ist. Wir haben auch keine Antwort gegeben. Das machte den Papa ziemlich wütend. »Könnt ihr keine Antwort geben«, herrschte er uns an, »seid ihr stumm?« Alles Theater. Er weiß doch, dass wir nicht stumm sind. Überhaupt war der Papa ganz anders als sonst. Das fand ich viel schlimmer als die Freundin. Ich weiß nicht, wie ich das beschreiben soll. Der Papa stand nicht mehr auf unserer Seite. Er stand auf der Seite von dieser Julia. Es war ihm nur noch wichtig, was diese Julia über uns dachte oder sagte. Wenn er uns blöd findet oder frech, das ist sein gutes Recht. Aber uns blöd finden der Julia zuliebe, das darf er nicht. So denke ich mir das. Und der Andy, der denkt genauso, hat er mir am Abend zu Hause gesagt. Sie hat sich ja Mühe gegeben, diese Julia. So mit Freundlichkeit, aber ohne uns anzufassen, was ich ja nicht ausstehen kann. Der Papa soll uns in Ruhe lassen, wenn wir nicht reden wollen, sagte sie. »Wir müssen uns eben erst kennen lernen. Dann werden wir schon noch Freunde werden.«
»Warum sollen wir Freunde werden?«, sagte Andy zu mir am Abend. »Es ist Papas Freundin, nicht unsere.« Ich bin da anders, ich will nichts ausschließen für alle Zukunft. Aber ich hab' das Andy nicht gesagt.

Am letzten Samstag war die Julia wieder da. Diesmal hatte sie sich etwas Besonderes für uns ausgedacht. Vor zwei Jahren hatte Papa für uns ein Kasperltheater gekauft, ein Holzgestell mit grünem Rupfen bespannt, das im oberen Teil ein Rechteck als Bühne frei ließ, die man mit einem blauen Vorhang abschließen konnte. Dazu gab es vier Figuren: den Kasperl, die Gretel, den Teufel und ein Krokodil. Anfangs hat uns Papa einige Male etwas vorgespielt. So Geschichten, in denen das Krokodil nach dem Kasperl schnappt und der Teufel ihn holen will. Aber immer hat der Kasperl am Schluss gesiegt. Schließlich hat der Papa keine Lust mehr gehabt und gesagt, wir sollten uns selber Geschichten ausdenken und mit den Figuren spielen. Immer wollte der Andy den Kasperl spielen, und ich sollte den Teufel oder das Krokodil machen, die er mit seiner Pritsche verprügelte. Die Gretel spielte überhaupt keine Rolle. Ich hab' schließlich gestreikt und gefordert, ich wolle endlich auch prügeln. Das endete damit, dass Andy auf mich einschlug statt auf das Krokodil. Ich wehrte mich mit Gebrüll, und Papa fiel nichts Besseres ein, als das Kasperltheater wegzuräumen. Seitdem stand es in der Besenkammer.

Julia hatte es nun wieder aufgebaut, vielleicht auch der Papa für die Julia. Jedenfalls mussten wir brav auf zwei Stühlen vor dem Theater sitzen, und Julia und der Papa verschwanden hinter der Rupfenbespannung. Der Stimme nach spielte Papa den Kasperl und Julia den Drachen und die Gretel. Der Kasperl ging zuerst mutig mit der Pritsche auf den böse fauchenden Drachen los. Die Gretel stoppte ihn aber und sagte, man müsse dem Drachen liebevoll begegnen, dann werde er auch nicht mehr böse sein. Sie streichelte den Drachen und schon knurrte er behaglich. Dann forderte sie den Kasperl auf, dem Drachen einen Kuss auf die Schnauze zu geben. Man stelle sich das vor, einen Drachen küssen! Da muss man ja verrückt sein. Aber der Kasperl-Papa tat, was die Gretel-Julia ihm befahl. Er küsste den Drachen, und an seiner Stelle erschien eine lieblich-schöne Dame mit lockigen dunklen Haaren, einem vornehmen langen Kleid und einer goldenen Kette um den Hals. Das war eine neue Figur. Die musste die Julia gekauft haben, oder der Papa für sie. Die Dame sprach mit lieblicher Stimme lauter freundliche Worte zum Kasperl und zur Gretel und umarmte und küsste sie. Dann fiel der Vorhang.

Ich fand die Geschichte blöd. Kein Mensch küsst einen Drachen, und aus einem Drachen wird auch keine liebliche Dame. Auch ist die Story nicht ganz neu. Im Märchen vom Froschkönig soll die Prinzessin zwar keinen Drachen, aber einen Frosch lieb haben, damit wieder ein Prinz aus ihm wird. Ihr ekelt aber, als der Frosch zu ihr ins Bett will, was ich gut verstehen kann, und sie wirft ihn mit aller Kraft an die Wand.

Trotzdem verwandelt er sich in einen Prinzen, der die Prinzessin heiratet. Gerecht finde ich das nicht.

Überhaupt sind das so unnatürliche Geschichten, die ich nicht mag. Ich habe doch heftig geklatscht, als der Vorhang des Kasperltheaters fiel. Das tut mir nicht weh und dem Papa gut, dachte ich. Der Andy rührte keinen Finger.

Am Abend hat er zu mir gesagt, ob ich denn nicht kapiert hätte, was die Julia uns sagen wollte: Wir sollen nett zu ihr sein, sie umarmen und küssen, dann würden wir sehen, dass sie kein Drachen, sondern eine liebliche Dame ist.

»Aber für mich«, sagte Andy »wird sie ein Drachen bleiben und küssen werd' ich sie schon gar nicht.«

Die Mama hat uns ausgefragt, wie es denn so war mit der Julia. Ich ließ den Andy reden. Der schimpfte hemmungslos über die Julia und nannte sie einen hässlichen Drachen. Solche Ausdrücke hätte ihm Mama verbieten müssen. Hat sie aber nicht. Stattdessen setzte sie so eine feierlich-ernste Miene auf und sagte: »Ich muss euch etwas sehr Ernstes, etwas sehr Wichtiges eröffnen: Papa und ich sind seit gestern geschieden. Wir sind nicht mehr miteinander verheiratet. So viel ich weiß, will Papa sehr bald die Julia heiraten, die ihr ja kennen gelernt habt.«

Ich konnte diese Nachricht nicht so recht einordnen. Ich fragte: »Was ist denn dann mit uns? Sind wir dann auch vom Papa geschieden? Sind wir nicht mehr seine Kinder?« Andy musste sich da gleich einmischen und zeigen, dass er älter und gescheiter ist.

»So ein Quatsch«, sagte er. »Der Papa bleibt immer unser Papa, so lang er lebt, und wenn er mit einem Drachen verheiratet ist.«

Die Mama bestätigte dies, meinte aber nun, Andy solle nicht dauernd von einem Drachen reden, das sei hässlich und beleidigend.
»Dann ist künftig immer diese Julia dabei, wenn wir Papa besuchen«, sagte ich. »Du merkst aber auch alles, du Schnellspanner!«, höhnte Andy wieder. Und Mama meinte: »Das wird sich nicht vermeiden lassen. Aber diese Julia wird euch schon nicht beißen. Sicher hat sie Kinder auch gern. Und hin und wieder könnt ihr vielleicht mit dem Papa allein etwas unternehmen.«
In der darauf folgenden Nacht hab' ich sehr schlecht geschlafen. Immer wieder bin ich aufgewacht und lange wach gelegen. Mir ist dann auch eingefallen, was ich vorher geträumt habe. Wenn ich die ganze Nacht durch schlafe, fällt mir das nie mehr ein. Im Traum kam der Drache aus dem Kasperltheater auf mich zu und rief immer wieder: ›Quirin, küss' mich, küss' mich!‹ Richtig hab' ich ihn nicht geküsst, schon nicht wegen Andy. Nur so andeutungsweise in die Luft. Das hat aber genügt. Der Drachen verwandelte sich in die Julia und die brachte mir eine Buttersemmel mit Himbeermarmelade. Die esse ich am liebsten zum Frühstück. Allerdings gibt es die nur am Samstag Früh. Und am Morgen nach dem Traum war es erst Freitag. Es gab Schwarzbrot und Schule.

VI

Papa hat uns eingeladen zu seiner Hochzeit, Andy und mich. Ich habe Mama gefragt, ob sie nicht mitgeht. Da hat sie so komisch gelacht und gesagt: »Du hast ulkige Ideen. Was soll ich an Papas Hochzeit? Trauern?« Andy war zuerst auch dagegen. »Ich bleibe bei der Mama«, sagte er. »Da gehören wir hin.« Schade, dachte ich. Ich war noch nie auf einer Hochzeit. Man muss alles kennen lernen, wenn man die Gelegenheit dazu hat. Gut finde ich es nicht, dass der Papa eine andere Frau heiratet und noch dazu diese Julia. Aber ich kann's ja nicht ändern, ob ich nun hingehe oder nicht.

Mama kam mir zu Hilfe. »Ich hab' bestimmt nichts dagegen, wenn ihr da hingeht. Es ist und bleibt euer Papa, und ihr sollt auch teilhaben an seinem Leben. Ich bin nicht beleidigt, aber er ist es vielleicht, wenn ihr nicht kommt. Er hat Tante Berta gebeten, dass sie euch abholt und begleitet.«

Tante Berta ist Papas ältere Schwester. Sie hat keinen Mann, vielleicht weil sie so dick ist, schon graue Haare hat und eine Brille mit dicken Gläsern. Sie ist aber sehr lustig. Oft erzählt sie Witze oder lernt uns drollige Verse. Ich kann sie mir leicht merken, leichter als die Verse, die wir in der Schule lernen müssen.

Zum Beispiel: Ein Auto fuhr durch Gossensass und kam durch eine Soßengass, sodass die ganze Gassensoß sich über die Insassen goss.

Oder: Attila, der Hunnenkönig, fraß zu viel und schiss zu wenig, darum starb er nicht im Kampfe, sondern an einem Magenkrampfe.

Das mit dem Hunnenkönig fand die Mama hässlich. Ich sollte es schnell wieder vergessen. Ich vergess' es aber nicht.

Dass die Tante Berta uns begleitet, hat den Andy umgestimmt.

Er mag sie nämlich auch. So haben wir uns beide von Tante Berta abholen lassen. Ich dachte, jetzt geht es in eine Kirche, und in die zieht der Papa feierlich ein mit der Julia am Arm, er in einem schwarzen Anzug und sie im langen weißen Kleid mit einem weißen Schleier auf dem Kopf, und die Orgel spielt dazu mit festlichem Gebraus. Die Mama hat mich einmal in eine große Kirche geführt und mir gesagt, da vorne vor dem Altar sei sie mit dem Papa getraut worden.

»Beim zweiten Mal«, sagte Tante Berta, »macht man das nicht mehr kirchlich, da lässt man sich nur standesamtlich trauen.« »Standesamtlich?«, fragte ich. »Muss ich da die ganze Zeit stehen?« Das fand die Tante lustig. »Im Standesamt«, sagte sie, »wird man von einem Beamten oder einer Beamtin getraut, ohne Pfarrer und Orgel. Stand, das bedeutet hier Familienstand, den Stand, den man in der Familie hat. Man kann ledig sein, verheiratet oder geschieden.« »Aber Papa ist bald beides: verheiratet und geschieden«, bemerkte ich. »Geht denn das?« »Leider«, sagte Tante Berta.

Dann gingen wir in ein großes Bürogebäude, so ähnlich wie das Polizeipräsidium. Lange Gänge und viele Türen! Im ersten Stock endete der Gang vor einer hohen, braunen Flügeltüre. Vor der stand der Papa mit der Julia und um sie herum ein paar Verwandte und Freunde. Der Papa hatte seinen besseren grauen Anzug an und eine blaue Krawatte mit weißen Tupfen. Die Julia trug ein graues Kostüm. Bisher hatte ich sie immer in Hosen gesehen. Den Rock fand ich ziemlich kurz und die Beine eher etwas zu dick. Mama trägt nie so kurze Röcke. »Grau finde ich nicht feierlich«, sagte ich zu Tante Berta. »So geht man ins Büro. Dunkelblau wäre schöner.« »Du bist ein Ästhet«, bemerkte die Tante. Ich weiß nicht, was das ist. Man kann ja nicht ständig fragen. Zumal eine lang aufgeschossene ältere Dame mit faltigem Gesicht auf uns zukam, die sich in ein rosa Kostüm gewickelt hatte. Der Stoff erinnerte mich an Mamas Frotteehandtücher.

»Mutti«, sagte Julia zu der alten Dame, »das sind Gustavs Buben.« Die Mutti klopfte uns auf die Schultern. Besser als ins Gesicht, dachte ich. »Süße Buben, so süße Buben«, rief die Mutti. Ich hätte am liebsten gesagt, dass ich nicht essbar bin. Andy machte so ein finsteres Gesicht, wie wenn er bald losschlagen wollte. »Schau doch Oskar«, rief die Mutti nach hinten. »Komm doch her, da sind Gustavs nette Buben, so süße Buben!« Der Oskar, zu dem Julia später Vati sagte, kam nur zögerlich. Er war einen halben Kopf kleiner als Mutti, trug einen kugeligen Bauch vor sich her und blinzelte aus einem runden, roten Gesicht. Immerhin steckte er in einem dunkelblauen Anzug. Auch wurde er nicht handgreiflich, sondern brummelte nur: »Schön, dass ihr gekommen seid, Jungs!«

Dann ging die braune Flügeltüre auf, und es kam ein anderes Brautpaar heraus. Er hatte einen schwarzen Anzug an und sie ein fliederfarbenes Kostüm, die schrecklichste Farbe, die ich kenne. Sie strahlten beide, als wären sie nie in der Lage, sich zu streiten. Hinter ihnen lief das Gefolge der beiden Familien. Wir machten Platz, damit sie die Treppe hinunterstapfen konnten.

Einer, der zum Amt gehörte und sich sehr wichtig nahm, rief: »Trauung Dr. Schreiner, Kistner«. »Das sind wir«, sagte Tante Berta. Papa marschierte auch schon durch die Flügeltüre, die Julia am Arm. Sie setzten sich in die erste Reihe. Links neben ihm saß sein alter Freund Toni, rechts neben Julia eine Frau in grauen Hosen und in einem blauen Blazer. »Das sind die Trauzeugen«, sagte Tante Berta. Zu was man da Zeugen braucht, weiß ich nicht. Vielleicht, wenn die Julia später behauptet, sie sei gar nicht die Frau vom Papa, dass dann der Toni sagt: »Doch, doch, ich bin dabei gewesen.« Aber es ist doch alles protokolliert. Der Papa und die Julia mussten später auch unterschreiben.

Andy sagte zu Tante Berta: »Wir setzen uns in die letzte Reihe. Ich will Abstand halten.« Ich wäre gerne weiter vorne gesessen wegen der Sicht. Ihr kennt ja Andys Sturheit. Er zog mich in die letzte Reihe, und ich hätte mit ihm raufen müssen, um loszukommen. Das konnte ich Papa nicht antun. Auch Tante Berta wagte keinen Streit mit Andy. So hatten wir zwei leere Reihen vor uns. Dann kamen erst die anderen. Ich kniete mich auf den Stuhl, damit ich vorsah. Vorne saß eine Frau hinter einem Tisch, die das Ganze leitete. Sie hatte einen dunkelblauen Umhang um.

Tante Berta sagte, das sei ein Talar. Die Frau fragte erst so formale Dinge, die ich nicht verstand. Dann nahm sie einen feierlichen Ton an und redete über die Ehe, wie wichtig sie sei, und dass man sich beistehen müsse in guten und schlechten Tagen. Das haben sie damals wohl auch zu Papa und Mama gesagt, hab' ich mir gedacht.

Papa und Julia mussten vortreten, und die Feierliche mit dem Talar fragte sie, ob sie einander Mann und Frau sein wollten. Die Julia sagte ganz kräftig ja, der Papa ziemlich leise, als ob er sich vor uns genieren würde. Aber das hab ich mir wohl nur eingebildet. Dann steckten sie sich gegenseitig Eheringe an. Wo der Papa wohl den Ring von der Mama hat?, fiel mir ein. Die Mama trägt jetzt anstelle des Eherings einen anderen mit einem roten Stein, ist mir aufgefallen. Der Papa und die Julia mussten dann zu einem Seitentisch und unterschreiben. Die Feier war damit zu Ende. Ich hätte mir das Heiraten festlicher vorgestellt. Die Trauzeugen, die Mutti und der Oskar drängten zum Brautpaar und schnatterten drauflos. Wahrscheinlich wollten sie gratulieren. Aber der Amtliche, der sich wichtig nahm, sagte, sie sollen das draußen tun, vor der Tür warte schon das nächste Brautpaar.

Andy brummte mir zu: »Wir gratulieren nicht.« Ich fragte Tante Berta: »Was meinst du?« Sie zuckte mit den Achseln und sagte dann: »Kinder müssen nicht. Geht nur mal unauffällig vor zu meinem Auto. Ich komme nach.«

Wir fuhren zum Hotel »Schwarzer Adler«. Andy meinte: »Das ist nur ein Drei-Sterne Hotel. Die hätten sich für das Hochzeitsessen was Besseres aussuchen können.« Der hat doch immer etwas auszusetzen.

Wir standen da herum in einem Nebenzimmer. Die Erwachsenen tranken Sekt, und wir bekamen Orangensaft. Und dann kam der Hammer. Plötzlich tauchte eine Frau mit einem Kind auf. Tante Berta sagte, das sei eine Cousine von der Julia. Na ja, dachte ich, dann wird der Steppke wohl ihr Kind sein. Nichts da. Die Julia nahm den Steppke auf den Arm, küsste ihn schrecklich ab und flötete etwas von »Peterchen, Peterchen«. Schließlich kam sie mit dem Steppke schnurstracks auf uns zu. »Schau, Peterchen«, sagte sie »das sind deine neuen Geschwister, Quirin und Andy. Und das ist mein Sohn Peter«. Sie stellte den Steppke vor uns hin auf den Boden.

Ich war völlig sprachlos. Niemand hatte uns etwas von diesem Peter erzählt. Papa und Mama nicht, die Julia nicht und nicht einmal Tante Berta. Auch in dem dummen Kasperlspiel war er nicht vorgekommen. Der Drachen hatte sich in eine kinderlose feine Dame verwandelt. Feig sind sie alle diese Erwachsenen, feig und hinterhältig.

Abends sagte Andy zu mir: »Dieser Peter ist unser Kuckucksei. Der Kuckuck legt sein Ei in ein fremdes Nest von kleineren Vögeln. Dort wird es ausgebrütet und die Mama der kleineren Vögel füttert den ausgeschlüpften Kuckuck. Dicker und dicker wird er, bis er allen Platz beansprucht und die kleinen Vögel aus dem Nest drängt. So geht es uns auch mit diesem Peter«, sagte Andy.

Im Hotel hatte er schnell die Sprache wieder gefunden, während ich sprachlos auf den Steppke starrte. »Braucht der Kleine noch Windeln?« fragte er Julia in so einem harmlosen Ton, den er immer anschlägt, wenn er hinterhältig ist. »So eine dumme Frage«, reagierte Julia verärgert. »Peter ist fünf Jahre und schon das dritte Jahr in einem zweisprachigen Kindergarten.« »Dann kann er sicher auch bayerisch«, sagte Andy wieder so hinterhältig. »Das nicht, aber das wird er ja von dir lernen.«

Dann ließ die Julia den Peter bei uns stehen und stöckelte zum Papa zurück. Schließlich nahmen wir alle an einer langen Tafel Platz. Es gab Tischkarten, auf denen die Namen standen. Die Kinder setzten sie ans Ende der Tafel, den Steppke allein an die Schmalseite, rechts davon den Andy und links mich. Der Steppke saß da wie ein Präsident, breit und behäbig, zwei Kissen unter dem Hintern. Er hat einen runden Kopf, dicke Pausbacken und keine Stirn, weil seine braunen Haarfransen darüber gekämmt sind. Unten streckt er einen richtigen Speckbauch heraus. Kein Wunder, er isst viel zu viel. Immer wollte er mehr, wenn der Kellner herausgab. Den Teller prall voll Nudeln als Vorspeise, ein zweites großes Stück Fleisch und von der süßen Creme am Ende auch einen Nachschlag. Ein richtiger Kuckuck. Ich sah ihn in Gedanken über seinen Armlehnenstuhl hinausquellen, nach beiden Seiten, bis er die Lehnen sprengte und neben ihm kein Platz mehr war.

Außer Essen gab es Reden. Eine von Oskar, Julias Vati und eine vom Toni, dem Trauzeugen. Ich hab' nicht so recht aufgepasst. Aber vom Toni hab' ich verstanden, dass er meinte, beide, der Papa und die Julia, seien zuerst auf einem Irrweg gewesen, und jetzt hätten sie auf dem richtigen Weg zueinander und zu ihrem großen Glück gefunden. So eine Unverschämtheit! Die Mama ist doch kein Irrweg. Papas Irrweg ist diese Julia mit ihrem Kuckuck. Andy war immer darauf aus, den Kuckuck zu ärgern. Was denn pieseln und kacken auf Englisch heißt, wollte er von ihm wissen. Der konnte das nicht sagen. »Da bist du schön aufgeschmissen in deinem feinen Kindergarten«, höhnte der Andy. »Die verstehen dich gar nicht, wenn du dich zum Pieseln meldest.«

In der Art ging es weiter, bis Andy bei der Nachspeise den großen Coup landete. Andy kann unheimlich laut mit den Fingern schnalzen. Ich bin auch schon erschrocken, wenn ich nicht darauf gefasst war.

Als der Kuckuck sein volles Glas mit Johannisbeersaft hob, um daraus zu trinken, streckte Andy seine linke Hand dicht an Kuckucks rechtes Ohr und schnalzte mit den Fingern. Der Kuckuck erschrak so, dass er das Glas auf das weiße Tischtuch fallen ließ. Der rote Saft breitete sich darauf aus zu einem riesigen Fleck, ja er tropfte auch noch über die Tischkante herunter auf Kuckucks feine hellbeige Hose. Der Kuckuck fing laut zu heulen an. Andy schaute ganz unschuldig, als hätte er mit der Sache gar nichts zu tun. Er rief sogar laut nach dem Ober um Hilfe. Der kam mit Servietten, um den roten See auszutrocknen. Auch die Julia eilte herbei und versuchte, ihr Peterchen zu trösten.

Ich muss gestehen, ich hab' zuerst gelacht. Es war auch gar zu komisch, wie der rote Saft sich über die fein gedeckte Tafel ergoss. Wie dann der Kuckuck gar so bitterlich heulte und gar nicht auf den Andy schimpfte, bekam ich Mitleid mit ihm. Ich sagte ihm, dass man seine Hosen waschen könne und das Tischtuch auch, und dass dann alles in Ordnung sei. Aber er heulte noch lange weiter.

Da fiel mir ein, dass er ja wohl auch von seinem Papa getrennt wurde. Vielleicht heult er deshalb so viel und muss so viel essen. Ich sagte das am Abend dem Andy. Aber der meinte, ein Kuckuck sei er trotzdem.

VII

Mein Schulfreund Max hat oft komische Ideen. Er ist davon so begeistert und steckt mich an mitzumachen. Geschwister hat der Max keine. Er lebt allein bei seiner Mama. Sein Papa ist auch weg. Schon seit drei Jahren, sagt er. Er lässt gar nichts mehr von sich hören. Da ist meiner besser. Warum so viele Papas davonlaufen, begreif' ich nicht. Ich find's bei der Mama gemütlich, auch, wenn sie oft schimpft. Ich nehm' das nicht so ernst. Ich stell' dann meine Ohren auf Durchzug. Max sagt, seine Mama schimpft nie. Sie findet alles gut, was er macht. Und wenn andere ihn schimpfen, dann verteidigt sie ihn. Ich finde das gut, so eine Einheitsfront in der Familie. Da fühlt man sich stark.

Das mit dem Steinewerfen war wirklich keine gute Idee. Wir gingen nach dem Essen in der Mittagsbetreuung zusammen in den Schulhof. Niemand war da, der mit uns Fußball spielen wollte. Zu zweit macht das keinen Spaß. Wir gingen hinter die große Turnhalle. Das ist so ein geschütztes Eck, in dem sich selten eine Aufsicht blicken lässt. Man kann da auch Sachen treiben, die eigentlich verboten sind. Dort kam Max diese dumme Idee. »Wir werfen die Steine auf das Dach der Turnhalle«, sagte er. Die Turnhalle hat ein Flachdach, das ohnehin mit Kieselsteinen zugedeckt ist. »Wir nehmen aber größere Steine«, meinte der Max. »Die liegen besser in der Hand. Jeder hat fünf Würfe. Wer fünfmal aufs Dach trifft, kriegt vom andern 50 Cent. Wenn beide fünfmal treffen, braucht keiner zahlen. Jeden Wurf machen wir abwechselnd hintereinander. Ich fang' an.«

Das klang so diktatorisch, dass ich nur ganz leise sagte: »Wenn da ein Stein zu tief fliegt, kann's in die Fensterscheibe geh'n.« Da lachte der Max und meinte: »Das macht ja g'rad den Reiz aus. Wenn du zu feig bist, werf' ich allein.«

Ich hab' mitgeworfen. Bis zum dritten Mal ging alles gut. Beim vierten Wurf dachte ich an die Fensterscheibe. Das war mein Fehler. Ich warf, und schon hat es geklirrt. Wenigstens war es nicht die ganz große Scheibe, die bis zum Boden geht, sondern eine kleine, direkt unter dem Dach, die man kippen kann.

Die Aufsicht in der Mittagsbetreuung führen nur Frauen. Die unangenehmste ist diese Lydia, eine hagere Person mit einer großen Hakennase, die aussieht wie der Schnabel eines Raubvogels. Darauf sitzt eine schwarz umrandete Brille. Ausgerechnet diese Lydia hatte die Aufsicht im Hof. Sie kam wie ein Habicht ums Eck geschossen, als die Fensterscheibe klirrte. »Wer war das?«, rief sie mit ihrer grellen Stimme. Ihr Hals und ihre Backen waren dunkelrot angeschwollen vor Zorn. Ich schaute den Max an. Aber der guckte in die Luft, als hätte er mit der Sache überhaupt nichts zu tun.

»Wer war das?«, krähte die Lydia noch einmal und ihre Augen funkelten schwarz zwischen den schwarzen Brillenrändern. »Ich«, sagte ich schließlich mutig in die schwarzen Augen hinein. »Ein Stein ist mir ausgerutscht.«

Da wurde Lydias Stimme ganz kalt und scharf. »Das wird deine Mutter eine Stange Geld kosten«, sagte sie. »Und wenn es nach mir geht, dann fliegst du hier raus aus der Mittagsbetreuung. Du gehst mir ohnehin schon lange auf den Wecker mit deinen Frechheiten!«

Was dann losging, das war vier Wochen lang die Hölle. Dass die Mama mich anschreit, das bin ich ja gewöhnt. Aber dass sie dasitzt und wegen mir heult, das hab' ich zum ersten Mal erlebt. Das war schrecklich. Heulen, das tun nur wir Kinder. Die Mama ist stark. Die weiß immer, wie der Weg weitergeht. Aber jetzt war sie ratlos und heulte. Soll ich der Mama sagen, wie es weitergeht? Ich weiß es doch auch nicht.

Die Mittagsbetreuung ist ein privater Verein. Die können mich ausschließen, sagt die Mama. Und dann weiß sie nicht, wo sie mich mittags hintun soll. Sie kann mich vor zwei Uhr nicht abholen, weil sie so lange selbst unterrichten muss. Das Geld braucht sie. Der Papa zahlt nicht so viel, dass wir davon leben können. Das hat sie mir gesagt. Früher hat sie nie mit mir und Andy über Geld gesprochen. Ich kann damit auch nichts anfangen. Ich weiß nicht, wie das alles zusammenhängt. Was der Andy dazu bemerkte, das hab' ich ihm sehr übel genommen. Soll der Quirin doch mittags zur Julia und zum Papa gehen, hat er gesagt. Der will mich zum Drachen schicken und zum Kuckuck. So würde ich den Andy nie verraten. Ich hab' ihm dafür aus Rache seinen blöden Hubschrauber kaputt gemacht. So ganz heimlich. Einfach ein paar Schrauben gelockert. Und dann ist das Ding beim nächsten Flug kläglich abgestürzt, und der Motor war zerbrochen. Dass ich damit etwas zu tun habe, kann mir der Andy nicht nachweisen.

Wer die kaputte Fensterscheibe bezahlt, ist auch noch nicht entschieden. Jedenfalls, glaube ich, nicht die Mama. Die ist nämlich versichert, hat sie gesagt. Die Versicherung sagt aber, die Frauen von der Mittagsbetreuung hätten die Aufsicht gehabt, und die Lydia hätte besser aufpassen müssen. Deshalb soll die Versicherung von der Lydia zahlen. Das freut mich ja diebisch, wenn das Ganze bei der Lydia hängen bleibt. Nur wird sie dann mit ihrer spitzen Nase auf mich einhacken, sobald sie mich sieht.

Jetzt streiten die beiden Versicherungen miteinander. Das kann lange dauern. Meine Mama sagt, Versicherungen kassieren immer und zahlen nie. Warum sich die Menschen trotzdem versichern, weiß ich nicht.

Gestern war die Elternversammlung von der Mittagsbetreuung. Da werden alle Eltern der Kinder eingeladen, die an der Mittagsbetreuung teilnehmen. Die entscheiden auch, ob ein Kind aufgenommen oder ausgeschlossen wird. Meistens kommen nur die Mütter und die nicht alle, sagt Mama. Die Väter lassen sich nicht blicken. Mein Papa war auch noch nie dort.

Gestern mussten die Eltern entscheiden, ob ich ausgeschlossen werde. Die Lydia hatte das beantragt.

Meine Mama war schrecklich aufgeregt. Schon in der Frühe musste ich ihr ständig aus dem Weg gehen. Ich konnte ihr nichts recht machen. Eine Tarnkappe hätte ich haben sollen, die mich unsichtbar macht.

Nachmittags kam die Nachbarin, um auf uns aufzupassen, solange die Mama bei der Elternversammlung war. Ich hab' mich im Bad eingeschlossen, auf die Kloschüssel gesetzt und gebetet, dass die Elternversammlung mich nicht ausschließt. Ich glaube ja nicht, dass der liebe Gott all' die vielen Bitten hört, die die Menschen ihm schicken. Das sind ja Millionen und Abermillionen. Aber mir wurde leichter beim Beten. Und vielleicht, vielleicht hilft es ja doch.

Na ja. Jedenfalls ist es gut gegangen in der Elternversammlung. Das hab' ich der Mama schon am Gesicht angesehen, als sie heimkam. Sie sah ganz anders aus als in der Früh. Nicht so verriegelt. Offen war sie wieder, auch für mich. »Die Mutter vom Max war auch da«, erzählte sie. Aber die hat kein Wort für mich geredet. Und die Lydia hat kein gutes Haar an mir gelassen. Man kann ihr nicht länger zumuten, hat sie gesagt, einen so frechen und unfolgsamen Buben zu beaufsichtigen und dann auch noch für seine Untaten zu haften.

Aber dann hat mir die Mutter von der Stephanie geholfen. Die ist Rechtsanwältin und redet wie ein Buch. »Wir Mütter müssen zusammenstehen«, hat sie gesagt: »Jedes unserer Kinder kann einmal eine Dummheit machen. Das müssen wir gemeinsam durchstehen. Da darf es keine schwarzen Schafe geben, die man ausschließt. Sonst sind wir Mütter verloren, wissen nicht wohin mit unseren Kindern, wenn wir arbeiten müssen. Solidarität unter uns Müttern, das muss das oberste Gebot sein!«

Die Lydia hat dann keine einzige Stimme gekriegt für ihren Antrag, mich auszuschließen.

Dass die Mutter von der Stephanie sich so für mich eingesetzt hat, finde ich toll. Dabei hab' ich die Stephanie doch schon lange nicht mehr an ihren Zöpfen gezogen und mich auch sonst nicht um sie gekümmert. Ich muss das ändern. In der nächsten Pause werd' ich den Max einfach stehen lassen und mit der Stephanie reden, wenn sie mich überhaupt noch mag.

VIII

Meist sind wir jetzt am Mittwoch und am Samstagnachmittag beim Papa. Jedesmal ist auch die Julia mit ihrem Kuckuck da. Bei schönem Wetter müssen wir mit dem Kuckuck in den Hof gehen. Dort sind auch Kinder aus anderen Wohnungen, wie der Toni, der schon zehn ist und ein Stockwerk über dem Papa wohnt oder der Michl mit acht aus dem Erdgeschoss. So klein wie der Kuckuck ist keiner. Wir bilden dann Mannschaften und spielen Fußball gegeneinander. Keiner will den Kuckuck in der Mannschaft haben. Er kann den Ball nicht halten. Jeder trickst ihn aus. Und wenn er den Ball nicht an den Gegner sondern an einen Mitspieler abgibt, ist es der reine Glücksfall. Der Andy schimpft ihn ständig und nennt ihn einen Blödmann, eine taube Nuss oder eine trübe Tasse. Im besten Fall ruft er ihn Kuckuck. Ich finde das nicht fair. Der Steppke hat doch gegen uns keine Chance. Und dass er der Sohn vom Drachen ist, dafür kann er nichts. Ich rufe ihn immer Peter und wenn es geht, lass' ich ihm den Ball, wenigstens für eine Weile.

Es ist doch schon tapfer, dass der Peter nie heult, obwohl wir alle auf ihm herumtrampeln.

Die Bombe von Andy neulich, die war allerdings zu viel für ihn. Ich hab' den Andy ja im Verdacht, dass er den Kuckuck absichtlich mit voller Wucht angeschossen hat. Vielleicht wollte er ihn nicht ins Gesicht treffen, das mag schon sein. Aber so einen vor den Latz knallen, dass er umpurzelt, das glaube ich wollte er schon. Das ist ihm ja auch gelungen. Der Kuckuck kippte um, als hätte ihm einer einen Kinnhaken versetzt. Und er blieb liegen, ohne sich zu rühren oder einen Ton von sich zu geben. Als ich mich über ihn beugte, sah ich, dass er die Augen geschlossen hatte, als würde er schlafen und das Blut lief ihm aus der Nase.

Ich wischte es ab mit meinem Taschentuch und versuchte seinen Oberkörper etwas anzuheben. Da machte er seine Augen auf, sah mich aber ganz glasig an, als würde er mich nicht erkennen und niemand von denen, die um ihn herumstanden.

Der Toni hatte den Mut hochzurennen und unserem Papa Bescheid zu sagen, dass der Kuckuck umgekippt ist. Der kam dann auch angerannt und die Julia hinterher. Ein Riesengeschrei und Gejammere hat sie veranstaltet mit »du armes Peterchen« und solchem Gesäusel. Dann befahl sie dem Papa: »Das Peterchen muss sofort in die Kinderklinik. Wahrscheinlich hat er eine Gehirnerschütterung.« Der Papa nahm den Kuckuck behutsam auf den Arm, strich ihm liebevoll über die Haare und sah uns dabei strafend an, als hätten wir den Kuckuck umbringen wollen. Zu allem Überfluss zischte er dem Andy und mir zu: »Wir sprechen uns dann noch.« Dann stapfte er mit dem Kuckuck und der Julia zur Garage, um in die Klinik zu fahren.

Dass er den Kuckuck in die Klinik fuhr, das war ja in Ordnung. Aber gar so liebevoll hätte er ihm nicht über die Haare streichen müssen, und uns vor der Julia anzumotzen, als wären wir Schwerverbrecher, fand ich total überflüssig.

Der Mama hab' ich die ganze Geschichte erzählt. Der Andy stand nur brummig daneben. Als ihn die Mama fragte, ob er den Peter absichtlich angeschossen hat, meinte er: »Der Kuckuck ist eben noch zu klein zum Fußballen. Der fällt um, wenn man ihn anbläst. Der soll sich in den Sandkasten setzen.«

Dann hatte Mama eine Idee, die dem Andy gar nicht passte. Wir drei, sagte sie, gehen zusammen in die Klinik und besuchen den Peter. Dass ihr ihn Kuckuck nennt, will ich nicht mehr hören. Kinder können nichts dafür, was ihre Eltern treiben. Der Peter hat genug darunter zu leiden, dass seine Eltern sich getrennt haben. Kinder sollen zusammenhalten, auch wenn die Eltern sich streiten. Ich fand es großartig, wie die Mama das anpackte. Ich hab' auch gleich gesagt, dass ich dem Peter den tollen roten Porsche mitbringe, den mir der Opa vor einem Jahr geschenkt hat. Der Andy hat dann noch so ein Polizeimotorrad herausgekrustelt, mit dem er schon lange nicht mehr spielt.

Ich war froh, dass weder der Papa noch die Julia da waren, als wir Peter in seinem Krankenzimmer besuchten. Es lag auch noch ein anderer größerer Junge in dem Zimmer. Der Peter hat zunächst ganz ängstlich unter der Bettdecke vorgeschaut, als erwarte er nichts Gutes von uns. Die Mama hatte er ja auch noch gar nie gesehen. Sie musste sich ihm erst vorstellen. Dann hat der Andy von sich aus gesagt: »Es tut mir leid, dass ich dich am Kopf getroffen habe. Das wollte ich nicht.« Das Polizeimotorrad legte er ihm auf die Bettdecke.

Ich sagte: »Wir müssen ja nicht immer Fußball spielen im Hof. Es gibt andere Spiele, die dir sicher mehr Spaß machen, wie Fangerles, Verstecken oder Räuber und Gendarm oder Völkerball. Na ja, und Kuckuck werden wir auch nicht mehr zu dir sagen. Du bist der Peter und ich der Quirin.« Ich hab ihm die Hand hingestreckt und er hat sie auch genommen. Der Andy zögerte etwas, aber dann gab er sich einen Ruck, ging zum Bett, sagte »Hallo Peter« und drückte ihm auch die Hand so fest, dass der Peter nicht wusste, ob er strahlen oder wehleidig das Gesicht verziehen sollte.

»Ich hab' gar keine Gehirnerschütterung, hat der Arzt gesagt, und heut' Abend holt mich die Mama ab und ich darf wieder nach Hause.« Der Peter setzte sich auf und sah wieder fröhlich und dickbackig aus.

»Alles Theater!« brummte der Andy halblaut. Ich trat ihm schnell auf den linken Fuß, damit er den Mund hielt. »Gehirnerschütterung oder nicht«, sagte ich. »Jedenfalls sind wir jetzt Freunde.«

Mama wollte nicht zurückstehen bei all der Freundlichkeit. »Du kannst auch gern einmal zu uns kommen und mit Andy und Quirin spielen«, sagte sie. »Wir haben einen kleinen Garten. Da musst du nicht in den Hof gehen.« »Den Sandkasten haben wir allerdings schon abgebaut«, brummte Andy. Er konnte das Opponieren einfach nicht lassen.

Am Abend sagte er zu mir: »Die Mama muss immer übertreiben. Was soll dieser Peter bei uns. Wir sind doch kein Kindergarten. Schon gleich kein zweisprachiger. Der hat sein Nest und wir haben das unsrige. Und in unsriges gehört er nicht rein.«

Übrigens, als wir uns gerade vom Peter in der Klinik verabschieden wollten, hat eine Frau das Mittagessen hereingeschoben. Ein tolles Menü, sag' ich dir. Nudelsuppe, dann Hähnchenschlegel mit Kartoffelpüree und als Nachtisch ein großes Schüsselchen Schokoladencreme mit Sahnehäubchen. Der Peter hat sich sofort darüber hergemacht, als wäre er total ausgehungert. Uns hat er gar nicht mehr beachtet.

Die Suppe und das Hähnchen hab' ich ihm ja gegönnt. Aber von der Schokoladencreme hätte er uns doch etwas abtreten können, wenn wir ihn schon nicht mehr Kuckuck nennen. Er hatte den Mund voll damit, als er uns »Auf Wiedersehen« sagte. Gute Manieren sind das auch nicht.

IX

In der Schule sind am schönsten die Pausen. Da kann man herumsausen, schwätzen, Unfug treiben, die Aufsicht ärgern. Lästig ist nur das Pausenbrot, das die Mama immer in den Ranzen steckt. Zum Essen ist die Zeit doch viel zu schade. Mit dem Pausenbrot in der Hand kann man nicht Fangerles spielen. Also bleibt das Brot im Ranzen, und die Mama schimpft, wenn ich heimkomme. Die Mama lässt das Pausenbrot nicht, und ich ess' es nicht. Das wird wohl so bleiben, bis ich nicht mehr in die Schule gehe.

Den Unterricht finde ich weniger spannend. Unsere Lehrerin, Frau Steinbügel, nimmt alles so wichtig und genau. Ob man einen Buchstaben links oder rechts 'rum dreht, ist doch egal. Die Hauptsache, man kann ihn lesen. Nicht so bei Frau Steinbügel. Wenn sie sagt links 'rum und ich dreh' rechts 'rum, wird sie wütend. Alles muss bei Frau Steinbügel seine Ordnung haben: Wie breit der Rand ist oder der Zeilenabstand im Heft, welchen Umschlag und welche Aufschrift das Heft hat, was mit dem Füller, was mit dem Bleistift geschrieben wird, alles ist geregelt. Ich mach' es gern anders.»Das bringt nur unnötigen Ärger«, sagt die Mama.

Neulich schaute Frau Steinbügel in meinen Schulranzen und meinte, es sehe darin aus wie in einer Mülltonne. Alles liege wie Kraut und Rüben durcheinander. Kein Mensch mischt Kraut und Rüben. Ich auch nicht. Aber Hefte, Bücher, Blätter, Schreibwerkzeug und vielleicht noch ein paar Spielkarten und Kaugummi, das kann man mischen. Ich finde trotzdem, was ich suche.

Probleme hätte ich schon. Aber die kann mir Frau Steinbügel auch nicht lösen. Zum Beispiel, das mit den Zahlen. Es gibt 50, 100 oder 200 Äpfel, das versteh' ich. Was ist aber 50 oder 100, ohne Äpfel, ganz allein die Zahl 100. Was ist eine Zahl? Ein Gegenstand ist es nicht. Ist es eine Idee? Oder was ist es? Frau Steinbügel konnte es mir nicht beantworten. Stattdessen sagte sie mir, ich solle die Nullen bei 100 links herum drehen und nicht rechts herum. Warum? Mir geht es rechts herum besser von der Hand. Schlimm ist das mit den Proben. Alle Nase lang muss man eine Probe schreiben, in Deutsch, Mathe oder HSU, das heißt, Heimat- und Sachkundeunterricht. Die Lehrerin sagt die Proben nicht an. Aber aus ihren Bemerkungen kann man schließen, wann Unheil droht. »Und bis zum nächsten Mal wiederholt ihr alles, was wir über die Pilze gelernt haben«, sagt sie zum Beispiel in HSU. Da weiß man, es kommt eine Probe über die Pilze. Der Mama sage ich kein Wort davon. Sie stopft mir sonst sämtliche Pilzarten in den Kopf. Aber meistens erfährt sie es doch von irgendeiner anderen Mutter. Die quatschen ständig miteinander, und was für die Schwarzen im Urwald die Buschtrommel, das ist für die das Handy. »Christine, hast du schon gehört, die schreiben morgen eine Probe in HSU, über die Pilze. Frau Steinbügel hat das ganz klar angedeutet. Hat dir das der Quirin nicht erzählt?«

Dann geht das Donnerwetter über mich. »Warum hast du mir das nicht gesagt? Der Max lernt schon den ganzen Nachmittag mit seiner Mutter. Jetzt dürfen wir den ganzen Abend Pilze pauken!«

Und so geht es dann auch bis ich ins Bett darf. Alle Pilzarten, die giftigen und die essbaren und wo sie wachsen und aus welchen Bestandteilen sie sich zusammensetzen. Lauter langweiliges Zeug, das ich in einer Woche wieder vergessen habe. Die Hauptsache ist, ich krieg' so viel Punkte, dass es für eine Zwei reicht. Dann ist die Mama zufrieden. Bei einer Drei gibt es Strafpredigten. Harmlos allerdings hören die sich an im Vergleich zum Notentheater beim Andy. Andy ist in der vierten Klasse. Da entscheidet es sich, ob man ins Gymnasium darf oder nur in die Realschule oder ob man gar in die Hauptschule muss. Die Hauptschule, das ist die Hölle, sagen die Mütter. Da wird man von Türkenkindern verprügelt und kriegt am Ende nicht einmal eine Lehrstelle, allenfalls beim Metzger oder beim Bäcker. Metzger will ich nicht werden. Das ist mir zu blutig. Und die Bäcker müssen viel zu früh aufstehen.

Mit der Realschule, sagt die Mama, kommt man auch nicht weit. Sie hat das Abitur und der Papa auch, und das kriegt man auf dem Gymnasium. Wir sollen uns gefälligst anstrengen, damit wir aufs Gymnasium dürfen. Der Andy ist gar nicht so schlecht in der Schule. Mathe kapiert er schneller als ich. Im Deutschen hat er Probleme mit der Groß- und Kleinschreibung. Manchmal schreibt er ein Namenwort klein. Das ist so eine Marotte von ihm. Die kostet ihm Punkte. Das Pauken in HSU gefällt ihm genauso wenig wie mir. Neulich schrieben sie eine Probe über die Schmetterlinge. Drei Seiten im Buch waren da zu lernen und noch vier Seiten, die sie im Heft geschrieben hatten. Der Andy war nur am Stöhnen. »Das ist doch ganz einfach«, hab' ich ihm gesagt. »Du machst dir einen Spickzettel. Die wichtigsten Sachen über die Schmetterlinge schreibst du dir ganz klein auf diesen Zettel. Den kannst du untern Tisch stecken. Und wenn dir eine Antwort nicht einfällt, schaust du nach.«

Ich hätte dem Andy noch nähere Anweisungen geben sollen. Er ist einfach zu naiv für solche Sachen. Nie darf man den Spickzettel herausziehen, wenn die Lehrerin hinter einem herumläuft. Man muss warten, bis sie vorne ist. Dann hat man sie im Auge und sieht, wo sie hinschaut. Der Andy hat gespickt, als die Lehrerin hinter ihm war. Und schon hat sie sich wie ein Habicht auf seinen Zettel gestürzt. »Auf diese Betrügereien kann ich dir eine 6 geben«, hat sie gesagt. Aber schreib' mal weiter, damit ich seh', was du ohne Zettel kannst!«

Das mit der 6 ist dem Andy in die Knochen gefahren. Er hat das Unglück der Mama gebeichtet, und die hat einen Schreianfall bekommen. »In zwei Proben hattest du eine 2«, rechnete sie aus »dazu eine 6, geteilt durch 3, macht 3,33. Zu einer 2 führt da kein Weg mehr. Da brauchst du nur noch im Deutschen die Nomen eifrig klein schreiben, dann kannst du dir das Gymnasium abschminken.« Das Gymnasium als Schminke fand ich ein komisches Bild.

»Sofort muss ich zu Frau Engelbrecht«, sagte die Mama. »Vielleicht lässt sie mit sich reden.« Engelbrecht heißt Andys Lehrerin. Sie ist viel umgänglicher als Frau Steinbügel. Übrigens hat der

Andy kein Wort gesagt, dass das mit dem Spickzettel meine Idee war. Manchmal ist er schon ein richtiger Bruder.

Von Frau Engelbrecht kam die Mama ziemlich beruhigt zurück. Sie konnte mit ihr einen Kompromiss aushandeln. Was der Andy vor der Wegnahme des Spickzettels geschrieben hatte, zählte 0 Punkte. Alles danach Geschriebene wurde normal bewertet, das waren immerhin 2/3 der Probe und die waren fehlerfrei, weil der Andy sich beim Spickzettelschreiben alles über die Schmetterlinge so gut eingeprägt hatte. So reichte es noch zu einer 3. 7 geteilt durch 3, rechnete die Mama, macht 2,33. Das Gymnasium war wieder in greifbare Nähe gerückt.

»Gewundert hab' ich mich schon, dass dem Andy das mit dem Spickzettel eingefallen ist«, hat Frau Engelbrecht gesagt. »Er ist sonst so offen und ehrlich und hat gar nichts Pfiffig-Hintertriebenes an sich.« »Mich wundert das auch«, hat die Mama gesagt. »Mich nicht«, hab' ich gedacht und den Andy angegrinst, und der hat breitmäulig zurückgegrinst.

X

Mama nennt ihn Ludwig. Wie er mit dem Nachnamen heißt, weiß ich nicht. Eines Tages stand er im Flur mit dem Geigenkasten in der Hand. »Ludwig ist ein Kollege von mir«, sagte die Mama. »Wir musizieren zusammen, Beethoven-Sonaten.« Wieder ein Lehrer! Hergemacht ist er mehr auf Künstler. Vielleicht soll das zur Geige passen. Dabei unterrichtet er Mathematik und Physik, hab' ich inzwischen erfahren. Sein volles braunes Haar lässt er hinten über den Jackenkragen wachsen und auf der Seite über die Ohren, von denen man nichts mehr sieht. Meist trägt er eine Cordjacke. Davon hat er drei, eine dunkelbraune, eine dunkelgrüne und eine schwarze. Schon beim ersten Mal hat die Mama gesagt, dass ich sie beim Musizieren nicht stören darf. Ich soll hochgehen in mein Zimmer und etwas lesen oder spielen. Der Andy war bei einem Freund und hat Ludwigs ersten Auftritt gar nicht mitgekriegt. Ich hab' mir das Gefiedle eine Weile von oben angehört. Gekratzt hat er nicht, der Ludwig, eher manchmal etwas gewinselt, meine ich. Geige ist eben nicht so mein Fall.

Wie sie mit Forte und Presto in vollem Schwung waren, hab' ich mich hinuntergeschlichen vor die Wohnzimmertüre. Ich wollte mal hineinspitzen und den Ludwig fiedeln sehen. Ich drückte die Klinke vorsichtig hinunter. Die Türe bewegte sich nicht. Sie war abgesperrt. Ich war wütend. Jetzt darf ich mich nicht einmal mehr in unserem Haus frei bewegen, dachte ich. Da kam mir meine Trompete in den Sinn. Ich ging hoch in mein Zimmer, holte sie aus dem Futteral und blies aus Leibeskräften »Die Tiroler sind lustig, die Tiroler sind froh«, so laut, dass ich von Ludwigs Beethoven keinen Ton mehr hörte. Mamas Reaktion war ungewöhnlich heftig. Sie riss die Tür' auf und brüllte: »Quirin, hör sofort mit dem Unfug auf!« Obwohl ich die Trompete schon weggelegt hatte, kam sie die Treppe hochgestapft mit hochrotem Kopf, nannte mich einen unverschämten Lümmel und drohte mir ein »Nachspiel« an. »Das hat noch ein Nachspiel!« sagt sie häufig. Wahrscheinlich hat sie das von einer Fußballübertragung am Fernseher aufgeschnappt. Aber, wenn ihre Wut verraucht ist, vergisst sie das Nachspiel meistens.

Am Abend hab' ich dem Andy vom Ludwig erzählt. Er fand die Bekanntschaft gar nicht so schlecht. »Da hörst du doch«, sagte er, »wie schön die Geige klingt, wenn man sie richtig beherrscht, viel schöner als Trompete!« Hat der eine Ahnung, hab ich mir gedacht, aber nichts gesagt. »Auch«, meinte der Andy, »ist ein Mathematiker im Haus immer zu gebrauchen. Vielleicht kann er besser erklären als Frau Engelbrecht oder Frau Steinbügel, wenn wir eine Aufgabe nicht gleich kapieren.«

Jetzt kommt der Ludwig jeden Mittwochnachmittag und fiedelt hinter der verschlossenen Wohnzimmertüre, und die Mama begleitet ihn am Flügel. Am fünften Mittwoch hab' ich noch einmal einen Versuch gemacht, zu sehen, was geschieht und nicht nur zu hören, dieses Mal über die Terrasse. Ich schlich ums Haus und drückte mich an die Wand neben der Terrassentüre. Von Zeit zu Zeit steckte ich den Kopf vor und sah von der Seite durch die große Glasscheibe. Die Mama und der Ludwig hatten gerade einen Sonatensatz zu Ende gespielt. Der Ludwig legte seine Geige auf den Flügel. »Das hast du wundervoll gespielt, Christine!«, rief er der Mama so laut zu, dass ich es durch die Terrassentür hören konnte. Die Mama blieb am Flügel sitzen und strahlte. Da beugte der Ludwig sich zu ihr herunter, umarmte sie und küsste sie auf den Mund, lang und heftig. Ich bin so erschrocken, dass ich vergaß meinen Kopf zurückzuziehen. Ich starrte nur auf die beiden vor dem Flügel und ich hab' das Bild immer noch vor mir, wenn ich die Augen zumache. Die beiden sahen mich nicht. Schließlich setzte ich mich auf die Steinplatten neben der Terrassentüre.

Das erste, was mir durch den Kopf schoss, war der Papa, und dass ich ihm das erzählen müsste. Aber dann fiel mir ein, dass der ja wohl mit der Julia dasselbe macht, wenn ich es auch noch nie gesehen habe, und dass der Papa und die Mama getrennt sind und sich nie mehr lieb haben und das brachte mich so durcheinander, dass ich zu weinen anfing, was sonst nicht meine Art ist.

Anderntags sagte die Mama, dass der Ludwig jetzt öfter zu uns kommen werde.

»Er ist so allein«, bemerkte sie. »Seine Frau hat ihn vor drei Jahren verlassen, zusammen mit seinem Töchterchen. Die ist so alt wie du, Quirin, ein lustiges hübsches Mädchen mit braunen Augen und braunen Haaren, die sie hinten zu einem Zopf geflochten hat.«

»Zwei Zöpfe wären besser«, sagte ich. »Und hoffentlich lernt sie nicht Geige. Und überhaupt, die kommt doch gar nicht zu uns. Die lebt bei ihrer Mama, hast du gesagt.« »Ja, aber einen Nachmittag in der Woche ist sie bei ihrem Papa, wie ihr auch. Und wenn es nicht derselbe Nachmittag ist, dann kann er sie ja mit zu euch bringen und ihr könnt mit ihr spielen.«

Der Andy sagt ja wenig. Aber jetzt mischte er sich ein. »Allmählich wird es ganz schön kompliziert«, sagte er. »Kaum haben wir den Kuckuck verdaut, kommt da noch so ein Mädchen. Wie heißt es überhaupt?« »Angelika«, sagte die Mama.

»Also die Angelika. Die Angelika und der Peter, das sind nicht unsere Geschwister. Wir haben eigentlich gar nichts mit ihnen zu tun. Aber wir sollen sie doch so ähnlich behandeln wie Geschwister. Und dann ist da die Julia und neuerdings dieser Ludwig. Mit denen haben wir eigentlich auch nichts zu tun. Aber das eine ist die Papafrau und das andere wird vielleicht der Mamamann. Und so gibt es keinen Papa ohne Julia und vielleicht bald keine Mama ohne Ludwig. Wir wollen aber weder den Papa noch die Mama mit anderen teilen. Das bringt uns nur durcheinander und auseinander.« Ich finde, dass das der Andy schön gesagt hat. Ich hätte das nicht so hingekriegt. Manchmal ist es schon gut, wenn man einen älteren Bruder hat, allerdings nicht beim Raufen.

Die Mama war verlegen, das merkte man. »Ich versteh' ja«, sagte sie, »dass euch diese neuen Familienbeziehungen zunächst durcheinander bringen und eure Gefühle verwirren. Aber das gibt sich, und dann werdet ihr merken, dass es schön ist, in einem größeren Kreis zu leben, sozusagen in einer Großfamilie mit vielen Personen, die euch gern haben, die an euch interessiert sind und von denen ihr lernen könnt.«

Da konnte ich auch meinen Mund nicht halten, bekam einen roten Kopf und platzte heraus: »Mir genügen Papa und Mama«, sagte ich, »wenn die sich mögen, so wie wir sie mögen und so wie wir uns mögen, Andy und ich. Dann verzichten wir gerne auf den Kuckuck, auf den Drachen, auf die Angelika und ihren Zopf und auf den Ludwig und sein Geigengewinsel.«

Das mit dem Geigengewinsel hätt' ich nicht sagen sollen. Das ist mir so rausgerutscht. Die Mama hat mich ganz zornig angefunkelt. »Du und deine Unverschämtheiten!«, hat sie gesagt. »Ludwig ist ein vorzüglicher Geiger und hat einen ebenso klaren wie blühenden Ton.«

Dann hat sie die Tür zugeschlagen und ist hinaufgestapft zu ihrem Stübchen im Obergeschoss, um sich die nächsten Stunden nicht mehr blicken zu lassen.

XI

Was der Andy gemacht hat, fand ich nicht in Ordnung. Vor allem, dass er mir gar nichts gesagt hat. Nie hatten wir bisher Geheimnisse voreinander. Aber seit dem Gespräch mit der Mama über den Ludwig war er komisch. Er hat kaum mehr geredet und immer so vor sich hingestiert, als würde er etwas ausbrüten. Ich hab' versucht ihn zu ärgern, damit er wieder normal wird. Ein Bein hab' ich ihm gestellt und sein Lieblingsauto, den roten Ferrari, weggenommen. Aber das war ihm alles egal. Der Andy muss krank sein, hab ich mir gedacht.

Am Freitagnachmittag hat mich die Mama mit dem Auto von der Trompetenstunde abgeholt. Der Andy war so lange allein zu Hause. Als wir zurückkamen, war er verschwunden. Das ganze Haus und den Garten haben wir abgesucht, und ich hab' aus Leibeskräften »Andy« gebrüllt. Es kam keine Antwort. In der Garage entdeckten wir schließlich, dass Andys Fahrrad fehlte. »Er wird zu einem seiner Freunde gefahren sein«, sagte ich. »Ohne meine Erlaubnis hat er das noch nie getan«, meinte die Mama. Sie rief die Nummern aller Freunde an. Niemand hatte den Andy gesehen. Die Mama wurde sehr unruhig. Nach einer Stunde verständigte sie die Polizei. »Ausreißer kehren meistens nach einigen Stunden zurück«, meinten die. »Warten Sie bis zum Abend. Wenn er dann noch nicht da ist, rufen Sie wieder an.«

»Die haben leicht reden«, sagte die Mama. »Es ist ja nicht ihr Kind. Was kann nicht alles passieren bis zum Abend!« Die Mama konnte nicht eine Minute still sitzen. Immer lief sie von einem Zimmer zum anderen, aber ich sah nicht, was sie in den Zimmern suchte. Zwei Stunden nach unserer Rückkehr läutete das Telefon. Ich stürzte mit der Mama hin, und ich konnte mithören, dass es die Oma war. »Der Andy ist bei uns«, sagte sie. »Er ist eben mit seinem Fahrrad eingetroffen.« Mehr bekam ich nicht mit. Die Mama nahm den mobilen Hörer, ging damit ins Wohnzimmer und sperrte die Tür ab. Das fand ich ganz schön gemein. Natürlich hab' ich an der Tür gelauscht. Aber von der Oma konnte ich nichts verstehen und von der Mama ihrem Gewisper auch nur ganz wenig. Einmal wurde sie etwas lauter. Da hat sie gesagt »Ich werd' ja wohl noch mit einem Kollegen musizieren dürfen.« Das hab' ich deutlich gehört. Da wusste ich, dass es um den Ludwig ging. Beim Musizieren muss man sich ja nicht unbedingt küssen, hab' ich mir gedacht; davon sagt sie nichts. Als die Mama herauskam, bemerkte sie »Der Andy bleibt bei Oma und Opa bis zum Sonntag. Dann holen wir ihn zusammen dort ab.«

»Aber warum ist er mit dem Fahrrad dorthin gefahren, ohne uns etwas zu sagen?«, fragte ich. »Das war eine Dummheit«, sagte die Mama. »Er ist halt etwas durcheinander. Ihr meint immer, ihr müsst mich alleine haben. Ich hab' euch doch auch nicht alleine. Ihr habt den Papa und ihr habt Freunde, und ich darf keinen Freund haben, meint ihr. Ihr seid die reinsten Tyrannen. Das müsst ihr euch abgewöhnen.« So ähnlich hat sie das gesagt, soweit ich sie verstanden habe. Genau kann ich das nicht wiedergeben.

Ich wusste auch nicht, was ich darauf antworten sollte. Vielleicht hat sie ja recht, so wie sie das sieht. Und wie wir das sehen, der Andy und ich, haben wir auch recht. Wie man seine Mama liebt und seinen Papa, das ist doch etwas Besonderes. Das ist nicht so wie bei Freunden. Und wenn Mama und Papa sich nun plötzlich nicht mehr lieb haben, sondern jeder jemand anders, dann weiß man nicht mehr, wo man sich festhalten soll, und man bekommt Angst. So ähnlich war es bei mir. Jedenfalls musste ich heulen, wie ich das mit der Mama und dem Ludwig gesehen habe. Der Andy hat nicht geheult. Der wurde komisch und ist zu Oma und Opa geradelt.

Ich finde das wahnsinnig mutig von ihm. Er musste da mitten durch die Stadt, mehr als 20 km. Bei dem starken Verkehr und den vielen Ampeln war er bestimmt mehr als zwei Stunden unterwegs. Ich hätte den Weg gar nicht gefunden. Wenn man bei der Mama im Auto sitzt, gibt man doch nicht so auf den Weg acht. Da saust alles vorüber. Jetzt erinnere ich mich wieder, dass Andy in den letzten Tagen einmal über dem großen Stadtplan saß, den Mama in ihrer Schreibtischschublade hat. Ich habe ihn gefragt, was er denn auf dem Plan sucht. Aber er hat ja kaum geredet in den letzten Tagen. »Ob es eine Quirinstraße gibt«, hat er gesagt und gegrinst. Aber damit wollte er mich nur veräppeln. Ich finde es nach wie vor nicht in Ordnung, dass er mir nichts gesagt hat von seinem Plan, zu Oma und Opa zu radeln. Vielleicht hätte ich versucht, es ihm auszureden oder gebettelt, er soll mich doch mitnehmen. Verpetzt hätte ich ihn nicht bei der Mama. Das bestimmt nicht.

Am Samstag sind wir mit dem Auto zu Opa und Oma gefahren, die Mama und ich. Die Mama hat die ganze Fahrt über nichts geredet. Da hab' ich auch den Mund gehalten. Wenn es sein muss, kann ich das. Als wir vor dem Haus hielten, kam uns die Oma allein entgegen. »Der Andy ist im Gästezimmer; er hat sich dort eingesperrt«, sagte sie. »Er will euch nicht sehen.«

Die Mama wollte gleich losrennen zu ihm. Aber ich hab' sie am Gürtel festgehalten und gerufen: »Das mach' ich besser allein, unter Brüdern.«

Als der Andy auch auf mein Pumpern mit der Faust nicht aufmachte, rief ich: »Andylein, Dummerlein, ausgestopftes Stachelschwein!« Das bringt ihn sonst immer in Wut und er rennt hinter mir her wie ein Irrer. Aber diesmal hat er überhaupt nicht reagiert. Auch nicht als ich ihm anbot: »Du kannst mich verhauen. Ich renn' gar nicht weg.«

Dann hab ich mir gedacht, ich probier es mal im Ernst. Ziemlich leis' hab ich durch die Türritze geflötet: »Andy, wir zwei müssen doch zusammenhalten. Ich hab' doch niemand außer dir. Und wenn der Papa und die Mama dummes Zeug machen, dann müssen wir erst recht zusammenhalten. Den Ludwig, den Geigenwinsler, den werden wir schon wieder vertreiben. Da wird uns doch was einfallen. Niespulver könnten wir zum Beispiel in seinen Geigenkasten streuen. Also mach' auf!«

Da hat der Andy doch tatsächlich reagiert.

»Bist du auch bestimmt allein?«, hat er gefragt. Ich hab' das beim Bart des Propheten geschworen. Da hat er die Tür aufgeschlossen. Zusammen setzten wir uns aufs Bett. Zuerst boxte er mich ganz leicht in den Oberarm und brummte: »Das ist für das Stachelschwein!« »Wir können doch hier nicht sitzen bleiben. Das ist doch doof«, sagte ich. »Die Oma hat extra einen Kuchen für dich gebacken, hat sie mir gesagt, deinen Lieblingskuchen mit Rhabarber und dem gebackenen Eischnee darüber. Du kannst drei Stück davon essen. Also gehen wir zusammen runter.«

Aber so schnell wollte der Andy nicht einlenken. Er stellte Bedingungen. »An den Kaffeetisch setz' ich mich nur«, sagte er, »wenn ich nichts reden muss. Niemand darf mich etwas fragen, schon gleich nicht die Mama und niemand darf mich anreden. Ich bin einfach Luft für euch.« »Luft, der Kuchen isst«, sagte ich. »Ich werde das für dich aushandeln. Und dann hol' ich dich ab zum Rhabarberkuchen.«

Es war eine seltsame Kaffeerunde. Das heißt, Andy und ich tranken Kakao. Zuerst redete niemand etwas, vor lauter Angst, der Andy könnte wieder davonrennen. Dann sagte die Oma: »Der Kuchen ist mir nicht so gelungen wie sonst. Der Boden ist zu weich!« Der Opa schüttelte den Kopf und bemerkte: »Der Kuchen ist so gut wie immer!« Dann traute sich auch die Mama und lobte den Kuchen auch. Schließlich rief ich: »Der Kuchen ist klasse!« Der Andy sagte nichts. Aber er mampfte schon das zweite Stück.

»Gestern war ich mit dem Andy im Wald«, fing der Opa plötzlich an zu erzählen. »Die Hütte aus Ästen, die wir damals gebaut haben, steht noch. An einigen Stellen mussten wir sie reparieren. Der Andy hat das sehr geschickt gemacht. Dann saßen wir zusammen in der Hütte und futterten. Ich hatte Butterbrezen dabei und zwei Äpfel und eine Flasche Sprudel. Richtig gemütlich hatten wir es, oder nicht Andy?« »Oder nicht Andy?«, das war ja gegen die Abmachung. Alle schauten den Andy an. Der nickte ganz friedlich mit dem Kopf und mampfte weiter.

»Ich würde den Andy ja gerne für eine Woche hier behalten. Wir verstehen uns so gut«, sagte der Opa. »Aber wegen der Schule geht das leider nicht. Die ist einfach zu weit weg von unserem Haus. Jeden Früh im Stoßverkehr durch die ganze Stadt fahren und mittags wieder, das können wir uns nicht antun. Aber in den Ferien, da holen wir das nach, Andy, das versprech' ich dir. Da kommst du zu uns.« Der Andy nickte wieder mit dem Kopf. Und als er den Mund frei hatte, sagte er sogar leise, aber gut vernehmbar, »Ja Opa.«

Von mir sagt der Opa nichts, dachte ich mir. Man muss nur dummes Zeug machen und mit dem Rad davonfahren, dann gilt man was.

Schön wäre es schon bei Oma und Opa, dachte ich. Da ist alles klar und einfach. Da gibt es keinen Drachen und keinen Kuckuck und keinen Ludwig mit der Geige, nur die Oma und den Opa, und die haben sich gern.

XII

Der Andy ist nicht mehr der Alte. Er will nicht mehr mit mir raufen. Ich muss ihn schon ganz schrecklich ärgern, bis er einmal zupackt. Und dann hört er gleich wieder auf, ehe wir richtig angefangen haben. Der reinste Softy ist der geworden. Dazu passt, dass er plötzlich mit Begeisterung Geige übt. Geradezu fanatisch schabt er da unten im Keller, manchmal über eine Stunde. Ich muss zugeben, es klingt nicht mehr ganz so kratzig. Aber meine Trompete klingt schöner, wenn ich auch selten über 20 Minuten übe.

Die Mama ist begeistert von Andys Geigerei. Sie hat ihm eine Sonate von Händel gegeben und gesagt, dass sie die mit ihm spielen wolle. Seitdem übt er nur noch Händel wie besessen.

Neulich haben sie zum ersten Mal zusammen geprobt, der Andy und die Mama. Der Andy stand da ganz angeberisch neben dem Flügel und warf von Zeit zu Zeit mit einem Kopfschwung seine Haare nach hinten. Die lässt er sich immer länger wachsen. Auch fängt er jetzt an, mit den Fingern auf den Violinsaiten zu wackeln. Vibrato nennt man das, glaub' ich. Der Ton wird dann so schmalzig. Ich kann das nicht leiden. Nach der Probe hat die Mama den Andy umarmt, fest an sich gedrückt und ihn gelobt, wie gut er das macht. Wie beim Ludwig, hab' ich gedacht. Es fehlt nur noch, dass sie sich küssen.

Nachher ist der Andy mit seiner Geige an mir vorbeigeschwebt, als wäre ich Luft. Ich hab' ihm schnell ein Bein gestellt, damit er wieder auf den Boden kommt. Da ist er dann etwas hart gelandet und seine Geige auch. War das ein Geschrei! Die Geige, die Geige und immer wieder die Geige! Die Mama kam herbeigestürzt und kniete andächtig vor dem Kratzinstrument, drehte es hin und her. Nicht einmal ein Kratzer war zu finden. Nur der Steg war umgekippt. Trotzdem kam ein Donnerwetter über mich, als hätte ich eine Stradivari vernichtet. Das sind die teuersten Geigen, die es gibt, hat mir die Mama mal erklärt. Uralt, mehrere hundert Jahre. Dem Andy seine hat man vielleicht vor fünf Jahren zusammengeleimt. »Kindischer Idiot«, schrie der Andy. Und die Mama nannte mich einen »Kindergärtler«.

Nur weil er mit Ach und Krach das Übertrittszeugnis ins Gymnasium geschafft hat, stellt er jetzt den Kragen hoch, der Andy. Haben wir uns nicht geschworen, dass wir zusammenhalten gegen Papa, Mama und ihre Liebschaften? Kaum drückt ihn die Mama an die Brust, hat er mich schon vergessen, der Schuft. Was den Ludwig anlangt, der ist in letzter Zeit nicht mehr aufgetaucht. »Den haben wir in die Flucht geschlagen«, hat der Andy schon triumphierend getönt. Aber da hat er sich zu früh gefreut.

Genau an dem Tag, an dem sie Andy wegen seiner Geigenkünste an die Brust gedrückt hat, ist die Mama mit der Wahrheit herausgerückt. »Mit Ludwig arbeite ich zur Zeit an der G-Dur Sonate, opus 30, von Beethoven«, bemerkte sie so nebenbei. Als ob uns das ein Begriff wäre. Da hätte sie genauso gut sagen können »an der a-moll Sonate, Opus 1000.« Jedenfalls arbeitet sie mit dem Ludwig. Der Andy hat sie angestarrt, als hätte sie erzählt: Ich habe jemand umgebracht.

Ich hab' mir gedacht: Wo, zum Teufel arbeitet sie denn mit dem Ludwig. Das kam dann auch. »Der Ludwig hat sich einen kleinen, gebrauchten Stutzflügel gekauft«, erzählte die Mama. »Nur einen Yamaha. Der klingt aber gar nicht schlecht. Ich hab' ihn mit ihm ausgesucht. Jetzt können wir auch beim Ludwig in der Wohnung üben.«

Der Andy hat mir leid getan. Das hat er nun von seiner Streberei. Stundenlang Händel, dass es mir zu den Ohren heraushängt, und das mit Vibrato. Und dann spielt sie lieber Beethoven opus soundso mit dem Ludwig auf einem popeligen Yamaha. Das ist so ein japanisches Produkt, hat mir die Mama erklärt. Wir haben einen Steinway, der ist amerikanisch und Spitze.

Ein Hammer kommt selten allein. Kaum hatte uns Mama die Geschichte mit Beethoven in Ludwigs Wohnung erzählt, versuchte sie uns auch noch die Angelika anzudrehen. »Dieses Wochenende könnt ihr nicht zum Papa«, sagte sie. »Er ist verreist. Ludwig hat am Samstag seine Tochter zu Besuch. Da können wir doch alle zusammen einen Ausflug machen. Mit den Rädern, hab' ich gedacht. Radeln wir an die Osterseen und machen dort Picknick.«

Andy sagte gar nichts. Er war völlig erschlagen. Ich bemerkte nur: »Muss das denn sein?« Da nannte uns die Mama fade Langweiler, Stubenhocker und Miesmacher. »Am Samstag geht's auf die Räder und damit basta!« Mit diesem Bescheid ließ sie uns stehen. An diesem Abend stieg der Andy vom hohen Ross und machte wieder auf »Solidarität«, wie die Politiker im Fernsehen immer sagen.

»Zusammen sind wir stark«, sagte er. »Wir können doch einfach streiken am Samstag. Wir steigen einfach nicht auf die Räder. Wir bleiben sitzen.«

»Tolle Idee«, sagte ich. »Da kommen die angeradelt, der Ludwig mit seiner Angelika. Und wenn wir sitzen bleiben, ziehen die doch nicht wieder ab. Die bleiben bei uns im Haus, den ganzen Samstag. Mit der Angelika stecken sie uns ins Kinderzimmer und Mama macht mit dem Ludwig Beethoven opus 1000. Dann doch lieber auf die Räder, da sind wir beweglicher, haben den Ludwig unter Kontrolle und können der Angelika davonfahren.«

Der Andy war nicht recht überzeugt. »Du machst ständig Kompromisse«, sagte er. »Und am Schluss kassieren sie uns ein, der Ludwig, der Drachen, der Kuckuck und die Angelika.« »Und du«, gab ich ihm zurück, »gehst der Mama auf den Leim, weil sie dich Händel fiedeln lässt und dich als kleinen Ludwig an die Brust drückt.«

»Kleiner Ludwig«, das hat den Andy richtig auf Touren gebracht. Endlich war er wieder rauflustig, und ich hatte keine Chance gegen ihn. Er hat mich ganz schnell aufs Kreuz gelegt und blieb eine ganze Weile triumphierend auf mir sitzen. Was er am Samstag tun würde, ließ er bis zuletzt offen. Ich hatte Angst, er würde wieder davonradeln oder sich in sein Zimmer einsperren oder irgend so etwas Dummes machen. Aber er saß ganz normal am Frühstückstisch, aß sein Marmeladebrot und schwieg. Kein Wort hat er geredet. Die Mama sprach ihn auch nicht an. Sie unterhielt sich nur mit mir, ob sie Tomaten einpacken soll, gekochte Eier und Äpfel für das Picknick und solche belanglose Sachen.

Schließlich läutete die Hausglocke. Ich ging mit der Mama hinaus. Der Andy blieb in der Küche sitzen. Den Ludwig kannte ich ja schon. Heute, allerdings, war er im Freizeitlook. Das passte nicht zu ihm. Kurze Hosen, aus denen lange, blasse Steckenbeine hervorkamen. Haarlos waren die dünnen Waden auch noch. Ich finde, Männerbeine müssen Haare haben, möglichst dunkle. Da hat der Andy doch was zum Lachen, dachte ich.

Aber dann die Angelika, die konnte ich nicht ablehnen, vom ersten Moment an nicht. Gegen der ihr Lachen war ich machtlos. Nicht dass sie laut gelacht hätte. Sie gab überhaupt keinen Laut von sich. Sie lachte mit den Augen, großen dunkelbraunen Augen und dem halbgeöffneten Mund mit leuchtend weißen Zähnen, die alle in Reih' und Glied standen. Sie stieg vom Fahrrad und kam mit ihrem Lachen direkt auf mich zu. »Hallo Quirin«, sagte sie und streckte mir die Hand entgegen. Da hatte sie schon gewonnen.

Der Andy blieb eisern. Als ob er Angelikas Lachen gar nicht bemerkt hätte. Sie war Luft für ihn. Nicht einmal »Hallo« sagte er, als er endlich aus der Küche kam. Toll find' ich das schon. Einfach so durchhalten, was man sich in den Kopf gesetzt hat, auf Biegen und Brechen. Aber stur kann man es auch nennen.

Mama und der Ludwig hatten auf einer Karte autofreie Fahrradwege herausgesucht. Meist konnten wir zu zweit nebeneinander fahren. Der Andy wollte mich immer neben sich haben. Die Angelika fuhr allein vor uns. »Die Ziege soll ruhig allein strampeln«, zischte Andy mir zu. Eine blöde Bemerkung. Was hat die Angelika mit einer Ziege zu tun? Als der Andy einmal zur Seite schaute, bin ich ihm einfach davongefahren, und schon war ich neben der Angelika. Da hat der Andy durchgedreht. In einer Rechtskurve fuhr er mir von schräg hinten ins Hinterrad, dass es mich umwarf. Die Angelika verfing sich in meinem Fahrrad und stürzte auch. Der Andy war rechtzeitig von seinem Rad gesprungen und stand grinsend vor dem Knäuel aus Rädern, der Angelika und mir.

Ich war rasch wieder auf den Beinen, die Angelika auch. Sie hatte sich gar nicht verletzt. Nur ihr weiß-blauer Dirndlrock war verfleckt vom Kettenöl. Ich hatte mein rechtes Knie aufgeschlagen. Es blutete ziemlich. Die Angelika sorgte sich sofort um die Wunde. Mit ihrem feinen Taschentuch tupfte sie das Blut ab, ganz vorsichtig. Dann gab sie mir das Taschentuch in die Hand, zum Abwischen, wenn es weiterbluten sollte. Ich hab' es heute noch. Es hat einen hellblau gehäkelten Rand.

Die Erwachsenen haben sich dann auch eingemischt. Die Mama schimpfte sofort auf den Andy ein. Ich nahm ihn aber in Schutz. »Das hat der Andy doch nicht mit Absicht gemacht«, sagte ich. »Ich hab' plötzlich gebremst, und er hat gerade nicht aufgepasst, sondern zur Seite geschaut. Da ist er mir ins Hinterrad gefahren. So was kann ja passieren.«

Das war gelogen. Aber ich wollte wieder etwas gut machen beim Andy, weil ich ihn ja an die Angelika verraten hatte. Der Streit unter uns Brüdern ging die Mama nichts an.

Der Ludwig schimpfte nicht. Er richtete Angelikas Fahrrad auf und auch das meine und schaute nach, ob sich etwas verbogen hatte. Mein Vorderrad nahm er zwischen seine weißen Steckenbeine und bog den Lenker gerade. Dann radelten wir wieder los. Ich zeigte Reue und wollte neben dem Andy fahren, aber der wollte mich nicht mehr. Er bremste sofort ab und fiel zurück. So fuhren wir drei Kinder den restlichen Weg in einer Reihe hintereinander. Auch beim Picknick am See saß der Andy alleine und redete nichts. Ich forderte ihn auf, aus herumliegenden Ästen etwas mit mir zu bauen. Das macht er sonst gern. Aber jetzt brummte er nur: »Spiel doch mit deiner Angelika.« Das tat ich dann auch.

Am Abend wollte ich mit dem Andy einen neuen Pakt schließen, einen, bei dem die Angelika ausgenommen war. »Dass wir zusammenhalten gegen den Drachen und gegen den Ludwig«, sagte ich, »das find' ich in Ordnung, da bin ich weiter dabei. Die sind ja in unsere richtige Familie eingebrochen. Aber die Kinder von den beiden, der Kuckuck und die Angelika, die können doch nichts dafür. Die sind doch selber solche Opfer wie wir. Der Kuckuck ist von seinem Papa getrennt und seine Mama muss er mit unserem Papa teilen, der ihn nichts angeht. Und die Angelika sieht ihren Papa auch nur noch am Samstag, und jetzt soll sie ihn mit unserer Mama teilen. Den beiden geht es kein Haar besser als uns. Sollten wir Kinder uns da nicht zusammenschließen, Solidarität, wie die Politiker sagen, unter den Opfern. Das fände ich fair.«

Aber der Andy fand das nicht. »Du willst doch nur die Kinder ausnehmen«, sagte er, »weil du dich in diese Angelika verguckt hast, in ihre großen Strahleaugen und ihr Elmex-Reklamegebiss. Da kommt so ein Zuckerpüppchen, und schon wirfst du alle unsere Grundsätze in den Müll. Ist das Blutsbrüderschaft unter Indianern? Die sieht anders aus. Die können Weiber nicht trennen. Das ist so eine Gefühlsduselei. Erst schleichen sich die unschuldigen Kinder ein. Dann ziehen sie ihre Mama oder ihren Papa nach. Und schließlich ist alles ein großes Kuddelmuddel, und von der alten Familie siehst du nichts mehr. Ich bleibe da eisern. Ich will nichts zu tun haben mit dem Drachen, dem Kuckuck, dem Ludwig und seiner Elmex Reklame. Du kannst ja dieser Angelika nachlaufen, wenn du keinen Indianerstolz hast. Nur, richtige Blutsbrüder sind wir dann nicht mehr.«

In dieser Nacht hab' ich kaum geschlafen. Ich hab' den Andy doch gern. Und wir sind bisher miteinander durch Dick und Dünn gegangen. Und die Angelika, die hab' ich auch gern. Ihr Taschentuch hab' ich unter meinem Kopfkissen liegen. Wenn es dunkel ist und der Andy es bestimmt nicht sehen kann, hole ich es von Zeit zu Zeit hervor und schnuppere daran.

Warum soll denn das nicht zusammengehen, ich, der Andy und die Angelika? Nur weil der Andy so eiserne Regeln aufstellt, auf die er schwört? Wir sind da ganz verschieden. Das hab' ich bisher gar nicht gemerkt. Ich schwör' nicht auf eiserne Regeln. Ich nehm's halt wie's kommt. So bin ich schließlich auch eingeschlafen. Angelikas Taschentuch hatte ich in der Hand, als ich in der Früh aufwachte.

XIII

Ich weiß ja nicht, wie es im Gymnasium zugeht. Dem Andy gefällt es dort nicht. Er ist jetzt vier Monate im Gymnasium und bringt meistens schlechte Noten heim, besonders in Englisch und in Mathe. Dass unsere Mama Englischlehrerin ist, hab' ich schon gesagt. Die könnte ihm helfen. Das will sie auch. Aber er nicht. »Das geht dich gar nichts an«, hat er neulich zur Mama gesagt, als er eine Fünf in Englisch heimbrachte. »Du bis nicht meine Lehrerin.«

Da hat sie ihm eine gescheuert, dass er für zwei Stunden einen roten Fleck auf der Backe hatte. Richtig fand ich das nicht, wo der Andy doch eh' auf sie sauer ist, seitdem sie wieder mit dem Ludwig Beethoven spielt. Er hat sich schweigend umgedreht und ist auf sein Zimmer gerannt. Meistens schließt er sich dort ein. Manchmal darf ich zu ihm. Dann überred' ich ihn, Fußball zu spielen vor der Garage, oder, wenn es schlechtes Wetter ist, Tischtennis im Keller. Er ist sowieso besser als ich. Aber wenn er so schlecht drauf ist, lass' ich ihn haushoch gewinnen. Ich steh' dann als Torwart vor dem Garagentor und er ballert drauf wie verrückt. Da halt ich von zehn Bällen einen. Beim Tischtennis jagt er einen Schmetterball nach dem anderen über die Platte. Zurück bring' ich davon keinen. Er gewinnt 21:5. Dann ist er high und vergisst Mathe, Englisch und den Ludwig für eine Weile. Das ist dann so schön wie früher zwischen uns.

Letzte Woche hat die Mama noch diese Dummheit mit der Mathe-Nachhilfe angestellt. Für den Freitag war eine Mathe Arbeit angesagt. Das war für den Andy die letzte Chance, auf eine Vier zu kommen. Die Mama hat das Problem mit dem Ludwig besprochen. Der wusste als Mathe-Lehrer genau, was drankommt. »Am Mittwochnachmittag besucht uns der Ludwig«, sagte sie dem Andy. »Er nimmt mit dir alles durch, was du brauchst, um eine ordentliche Note zu schreiben. Der Ludwig ist ein guter und geduldiger Lehrer. Er kann dir die Aufgaben so erklären, dass du sie begreifst.«

»Ich brauch' keinen Ludwig«, hat der Andy nur leise gebrummt, sonst nichts. Bis zum Mittwoch hab' ich von ihm über diese Sache nichts mehr gehört.

Dass der Andy seine Sturheit aufgibt, glaubte ich nicht. Ich wartete auf eine Überraschung.

Um zwei Uhr hab' ich den Andy noch gesehen. Er stand im Keller und nagelte aus alten Brettern eine Kiste zusammen. Ich weiß nicht, was er mit der Kiste anfangen wollte. Ich glaube, er wollte einfach nur hämmern, aus Leibeskräften hämmern.

Um drei Uhr läutete es und der Ludwig stand vor der Tür. Die Mama rief nach dem Andy. Der meldete sich nicht. Er war im ganzen Haus nicht zu finden. Sein Fahrrad stand in der Garage. Weit weg konnte er nicht sein.

Ich hatte auch eine Idee, wo er vielleicht steckte. Unten am Fluss, etwa zehn Minuten von unserem Haus entfernt, stand eine Gruppe von dichten hohen Büschen. Wenn man da hineinkroch, erreichte man in der Mitte einen kleinen freien Platz mit Moos und Gras. Niemand konnte einen dort sehen. Das war Andys Lieblingsplatz. Meistens saß er allein dort. Aber einmal hat er mich mitgenommen. Da musste ich ihm schwören, dass ich den Platz niemand verraten würde. Den Eid werd' ich nie brechen.

Die Mama telefonierte wieder vergebens bei den Freunden herum, die in der Nähe wohnten. Dann gab sie die Suche auf.

Gegen Abend kam der Andy wieder. Der Ludwig war schon längst weg. »Wo hast du denn gesteckt?«, fragte die Mama. Ihre Stimme war eher weinerlich als streng. Der Andy gab keine Antwort. Da sah ich, dass die Mama ganz nasse Augen bekam. »Bub«, sagte sie, »du bringst mich noch zur Verzweiflung.«

Die Mama hat mir leid getan, und ich fand, der Andy hätte jetzt nachgeben müssen. Aber der blieb stur, sagte nichts und ging auf sein Zimmer.

In der Mathe-Arbeit hat er wieder eine Fünf bekommen.

Neuerdings fährt der Andy mit dem Fahrrad jeden Donnerstagnachmittag zum Papa. Zusammen sind wir nur noch am Samstag bei ihm. Ich habe den Andy gefragt, was er denn allein dort treibt, ob er sich vielleicht inzwischen mit dem Peter angefreundet hat und mit der Julia. Dann kannst du ja auch zu der Kuckucks-Familie umziehen, fügte ich hinzu, weil ich mich über Andys Alleingang ärgerte.

»Quatschkopf«, gab der Andy zurück. »Am Donnerstagnachmittag bringt die Julia den Kuckuck zum Tennisunterricht und selber spielt sie auch. Das feine Bübchen darf Tennis lernen. Für uns zahlt das niemand. Ich komm' immer erst, wenn die Julia schon weg ist und verschwinde, bevor sie zurückkommt.«

»Mit dem Papa hast du's neuerdings wichtig, und zur Mama bist du nur noch ekelhaft«, hielt ich dem Andy vor. »Sie ist zu mir ekelhaft«, sagte der Andy. »Sie schimpft mich doch nur noch wegen meiner schlechten Noten und hetzt mir diesen Ludwig auf den Hals. Der Papa fragt mich überhaupt nicht nach meinen Schulnoten. Der will gar nicht wissen, wie es mir in der Schule geht. Wir spielen Schach miteinander. Er hat mir die Regeln beigebracht. Es dauert schon ganz schön lange, bis mich der Papa schachmatt setzt. Einmal hab' ich sogar schon gewonnen. Aber ich glaube, da hat mich der Papa absichtlich gewinnen lassen. Ich hab' ihm das Theater mit der Mama und dem Ludwig und der Mathe-Probe erzählt. Da sagte er: »Für diese Schullehrer ist die Schule der Nabel der Welt. Da beginnt der Mensch erst mit der Note zwei. Du darfst das nicht so wichtig nehmen. Wichtig ist ein guter Charakter. Und den hast du.« Das hat der Papa gesagt. Und da bin ich stolz drauf. Dem Papa hab' ich auch noch erzählt, dass mir das Geigen gar keinen Spaß mehr macht, seitdem die Mama mit dem Ludwig immer Beethoven opus soundsoviel spielt. Da hat er gesagt: »Musizieren muss Freude machen und darf nicht zur Quälerei werden. Wenn dir das Geigen zur Zeit vergällt ist, dann hör' eben auf damit oder setz' zumindest für eine Weile aus, bis du wieder Lust bekommst, eine Geige in die Hand zu nehmen. Lebenswichtig ist das Geigen nicht. Ich lebe ganz gut, ohne zu geigen.« Das hat der Papa gesagt, und ich denke, er hat recht. Ich

werde Schluss machen mit der Geigerei. Ich geh' einfach nicht mehr hin zu Frau Siebenschön, der Geigenlehrerin. Die Mama kann mich ja nicht mit Gewalt dorthin schleppen. Und wenn, dann mach' ich dort keinen Strich. Da sind sie machtlos.«
Im ersten Moment hat mir der Gedanke gefallen, dass der Andy nicht mehr fiedelt. Kein Gekratze, auch kein Vibrato-Schmalz. Aber dann hab' ich an die Mama gedacht, und die hat mir leid getan.
»Weißt du, was du der Mama antust mit deinem Geigenstreik?«, hab' ich zum Andy gesagt. »Der wirst du schrecklich weh tun. Die ist doch so stolz auf dein Geigenspiel, viel mehr als auf meine Trompeterei. Sicher spielt sie auch gern wieder den Händel mit dir. Du musst nur mitmachen.«
Der Andy bemerkte nur: «Die spielt doch viel lieber mit dem Ludwig Beethoven opus soundsoviel. Mit dem kann ich nicht konkurrieren.«
In der nächsten Woche ist der Andy tatsächlich nicht mehr zu Frau Siebenschön gegangen. Die Mama hat gar nicht geschimpft und getobt. Sie war nur sehr traurig. Ich petz' ja nicht gerne. Aber weil der Andy mich so ausschließt bei seinen Alleingängen zum Papa, hab' ich der Mama doch einen Hinweis gegeben. »Dass er das Geigenspielen aufhören soll, das hat ihm der Papa geraten«, hab' ich ihr gesagt. Da ist sie sehr wütend geworden, hat den Telefonhörer genommen und sich damit im Wohnzimmer eingeschlossen. Immer lauter hat sie drinnen geschrieen. Verstehen konnte ich trotzdem kaum etwas. Ich meine aber, sie hat den Papa einen »gemeinen Schuft« genannt.

XIV

Bisher war ich noch selten in Konzerten. Einmal nahm mich die Mama mit, als das Landesjugendorchester spielte. Bis zur Pause fand ich es ganz schön. Aber dann ist es mir zu lange geworden. Ich hab' mit den Füßen gezappelt, was die Mama störend fand. Ich muss mich zwingen, ruhig zu sitzen, sagte sie. Da bin ich eingeschlafen. Aber damals war ich erst fünf.

Gestern sagte die Mama: »Der Ludwig will dich mit in ein Konzert nehmen. Ein berühmter Trompeter bläst zwei Trompetenkonzerte aus der Barockzeit.« Das hätte mich nicht vom Hocker gerissen. Die Mama fügte aber noch hinzu: »Die Angelika ist auch dabei.«

Angelika und Trompete, darüber lässt sich reden. Doch wie sag ich's dem Andy? Es ist eine Einladung vom Ludwig. Und gegen den wollten wir zusammenhalten. Ich hab' dem Andy erzählt: »Mein Trompetenlehrer hat mir dringend empfohlen, in das Konzert zu gehen. Die Mama ist an dem Abend nicht da. Also schließ ich mich dem Ludwig an, der mit seiner Angelika auch 'rein geht.« Das war ein wenig geschwindelt, aber vertretbar, weil der Andy so stur ist. Gemotzt hat er trotzdem. Warum ich überhaupt noch Trompete spiele und nicht aufhöre, wie er mit der Geige. Und wenn schon, warum ich unbedingt in das bescheuerte Konzert muss, wenn die Mama keine Zeit hat. Wenigstens ist er nicht ausgerastet. So hab' ich ihm gut zugeredet und er ist brummelnd abgezogen.

Der Ludwig und die Angelika haben mich abgeholt. Die Angelika hatte ein dunkelblaues Samtkleid an. Ihre Haare waren nicht mehr zu einem Zopf geflochten. Sie hingen frei herunter bis zur Schulter. Erst vermisste ich den Zopf. Dann fand ich das lange wallende Haar auch ganz schön.

Das Jugendorchester spielte damals in einem riesigen Konzertsaal mit über tausend Plätzen. Dem berühmten Trompeter hatten sie nur einen kleinen Raum gegeben. Der Ludwig erklärte mir, heute spiele eben kein Symphonieorchester mit vielen Bläsern, sondern ein Kammerorchester, das nur aus Streichern besteht.

Wir saßen in der dritten Reihe, ganz nah bei den Musikern, die Angelika in der Mitte, ich links, der Ludwig rechts neben ihr. Als das Orchester auf die Bühne kam, klatschten alle. Zuerst spielten sie ein Concerto grosso von Händel. Das war sehr lang. Es hatte sechs Sätze. Ich hab' nicht so sehr aufgepasst, weil ich immer auf den Trompeter wartete. Der kam aber erst nachher. Er war noch ziemlich jung, hatte ein blasses, schmales Gesicht und sehr lange Haare, die von einem Mittelscheitel rechts und links herunterfielen bis auf die Schultern.

Als erstes spielte er ein Trompetenkonzert von Telemann. Das fängt mit einem Adagio, einem langsamen Satz, an. Begleitet vom Orchester bläst die Trompete eine wunderschöne Melodie. Die strömte so ruhig, als müsste der Trompeter gar nie Luft holen, als hätte er den ewigen Atem.

Wie er das nur fertig bringt, dachte ich. Man müsste ihn fragen können. Es folgte ein fröhliches Allegro, in dem die Trompete wie die Sonne im Wald aufblitzt. Auf den nächsten langsamen Satz hatte ich mich schon gefreut. Sicher würde da die Trompete wieder die Melodie blasen. Aber sie schwieg den ganzen Satz und ließ nur die Streicher fiedeln. Das hätte der Telemann anders machen sollen. Im letzten Satz spielte die Trompete wieder fröhlich auf. Ich klatschte ganz heftig und trampelte mit den Füßen, vor allem wegen des langen Atems im Adagio. Aber die anderen Leute hörten bald auf zu klatschen, weil nach dem Programm noch ein weiteres Trompetenkonzert folgen sollte.

Es war von Albinoni, einem italienischen Komponisten. Im Programm stand, dass er es ursprünglich für Oboe geschrieben hat. Aber auf der Trompete klingt es sicher viel schöner. Im ersten Satz spielte der Trompeter wieder schnell, fröhlich und spritzig. Aber dann kam das Adagio. Es war einfach spitze. Da legt die Trompete eine Melodie über die begleitenden Streicher, die singt so ruhig, dass man nicht einmal mehr mit der Wimper zuckt. Ein Ton zieht sich über mehrere Takte, und der Trompeter konnte ihn strömen lassen in einem Atem, ohne je auszusetzen. Ich war ganz glücklich in dieser strömenden Ruhe. Der Angelika neben mir, dachte ich, müsste es genauso gehen. Ich tastete mit der Hand zu ihr hinüber und legte sie auf ihre und ließ sie dort liegen bis die Melodie geendet hatte.

Im letzten Satz kam noch einmal schnelle, blitzende Fröhlichkeit. Und dann durfte ich klatschen und trampeln und ein paar Mal hab' ich auch »Bravo« gerufen, weil ich so voller Begeisterung war. In der folgenden Pause wollte die Angelika eine Limonade trinken. Mir war das nicht wichtig. Ich hatte nur im Kopf, den Trompeter zu fragen, wie er es anstellt, den Atem so lange und ruhig strömen zu lassen. Der Trompeter musste doch irgendwo hinter der Bühne sein. Allein traute ich mich da nicht hin. Also hab' ich den Ludwig geplagt, mit mir zu gehen. Der wollte erst nicht und die Angelika plagte ihn wegen der Limonade. Aber ich hab' nicht nachgegeben. Ich bin ihm so lange auf die Nerven gegangen, bis er mit mir loszog und die Angelika in der Schlange vor der Getränketheke allein zurückließ.

Zuerst wollte uns der Saaldiener nicht durch die Türe neben der Bühne lassen. »Der Trompeter gibt keine Autogramme«, sagte er. Da hat der Ludwig behauptet, er sei ein guter Bekannter vom Trompeter und müsse ihn dringend sprechen. Das war glatt gelogen. Gewundert hab' ich mich darüber schon. Aber mir konnte es recht sein. Der Ludwig klopfte an die Tür vom Künstlerzimmer. Als keine Antwort kam, machte er einfach die Tür auf. Der Trompeter stand hemdsärmlig mitten im Raum und biss gerade in eine Semmel, die mit Leberkäs' belegt war. Ich hab' das sofort erkannt, weil ich Semmel mit Leberkäs' auch so gerne esse. Ganz grimmig schaute uns der Trompeter an. Unser »Grüß Gott« erwiderte er nicht, sondern kaute weiter am Leberkäs'. Als er den hinuntergeschluckt hatte, knurrte er: »Wie kommen sie überhaupt hier rein?« Da hielt der Ludwig eine längere Rede mit viel Entschuldigungen. Dass ich an allem schuld bin, sagte er, weil ich Trompete lerne und den berühmten Trompeter mit so viel Begeisterung bewundere. Da wurde ich gleich konkret und schwärmte von dem Adagio im Albinoni-Konzert und von dem Ton, den er über mehrere Takte in einem Atem hat strömen lassen. Dass ich ganz glücklich war, als ich das hörte, hab' ich ihm gesagt. So – mit diesem Atem – möchte ich auch einmal spielen können.

»Verraten Sie mir doch Ihr Geheimnis. Verraten Sie mir, wie ich atmen muss!«

Da war der Trompeter wie umgewandelt. Er legte sogar die restliche Leberkäs-Semmel weg, und war so freundlich zu mir, wie zu einem richtigen Freund. Den Ludwig hat er gar nicht mehr beachtet. »Die Atemtechnik ist bei jedem Blasinstrument von entscheidender Bedeutung«, sagte er. »Das hast du richtig erkannt. Man muss die Töne durchfließen lassen in einem Atemkreis, der nicht endet. Ich hab' darüber ein kleines Buch geschrieben, in dem ich alles genau erkläre. Das werd' ich dir schicken. Damit kannst du zuhause und bei deinem Trompetenlehrer arbeiten. Und wenn du was nicht verstehst oder meinst, da stecke noch ein Geheimnis dahinter, kannst du mich anrufen. Ich geb' dir meine Nummer. Allerdings, ohne üben geht gar nichts. Üben, üben und immer wieder üben, und eines Tages bist du glücklich über den Ton, der so ruhig aus deinem Atem strömt.«

Dann haben wir unsere Adressen ausgetauscht, und er hat sich von mir verabschiedet wie von einem alten Kumpel, indem er mir fest auf die Schulter klopfte und mich kurz umarmte.

Ich war sehr stolz, als wir zurückkamen zur Angelika, die ihre Limonade schon fast ausgetrunken hatte. Sie gab sich einsilbig und konnte meine Begeisterung über die Begegnung mit dem großen Trompeter nicht teilen.

Nach der Pause kam noch so ein Concerto grosso von Händel mit fünf Sätzen. Beim Largo, das ganz schön klang, aber nicht so schön, wie wenn eine Trompete die Melodie gespielt hätte, tastete ich mit der Hand wieder hinüber zur Angelika und wollte sie auf ihre legen. Aber sie zog sie zurück. Mädchen sind halt besonders empfindlich. Die wollen nicht, dass man irgend etwas wichtiger nimmt als sie, denke ich, auch nicht das Trompetenspiel.

Schon zwei Tage später kam das Buch über die Atemtechnik beim Trompetenspiel. Der berühmte Trompeter hatte eine Widmung hineingeschrieben: »Dem sympathischen jungen Kollegen mit den besten Wünschen für den großen, ruhigen Atem.« Ich war sehr stolz darauf, aber der Angelika hab' ich nichts davon erzählt.

XV

Neulich hatte ich ein freundschaftliches Gespräch mit dem »Kuckuck«, dem Peter, sollte ich sagen. Ich war an diesem Samstag allein zum Papa gegangen. Der Andy wollte nicht mitgehen. »Ich muss lernen. Wir haben am Montag eine Englisch-Schulaufgabe«, sagte er. Andere Ausreden hätte die Mama nicht gelten lassen. Aber gegen »Lernen« konnte sie nichts einwenden. Der Papa schickte mich mit dem Peter in den Hof. »Zum Fußballspielen mit den anderen Kindern«, sagte er. Es waren aber keine anderen Kinder da. Zu zweit kicken, dazu hatten wir keine Lust. Es war auch ziemlich heiß. Wir setzten uns nebeneinander auf den Treppenabsatz an der Haustüre. Ich erzählte vom Ludwig und von der Angelika, und davon, dass der Andy beide nicht ausstehen kann.

Da redete der Peter von sich. »Ich sehe meinen Papa nur selten«, sagte er. »Er wohnt in einer anderen Stadt. Alle sechs bis acht Wochen bringt mich meine Mama am Samstag dort hin und holt mich am Sonntagabend wieder ab. Mein Papa ist auch wieder verheiratet, wie meine Mama. Seine Frau heiß Jessye. Ich bring es nicht fertig, sie so anzureden. Ich lass' den Namen einfach weg. Sie ist ziemlich jung, viel jünger als mein Papa. Ein Kind hat sie nicht mitgebracht. Ich hoffe, sie kriegt auch keines. Oft schließt sie sich im Bad ein. Am Sonntag früh dauert das eine Stunde. Wenn sie herauskommt, ist sie frisch angemalt. Ich weiß nicht, ob sie kochen kann. Wenn ich da bin, kocht sie jedenfalls nie. Wir gehen immer zum Essen in ein Restaurant. Ich glaube, ich bin ihr ziemlich lästig. Sie weiß nicht, was sie mit mir reden soll. Sie fragt irgendetwas: Wie es mir in der Schule gefällt, oder ob ich gern Fußball spiele. Dann schaut sie gelangweilt auf ihre lackierten Fingernägel. Ich glaube, sie hört gar nicht, was ich antworte.

Mein Papa fühlt sich auch nicht wohl, wenn ich da bin. Er gibt sich aber große Mühe, nett zu mir zu sein. Jedesmal schenkt er mir etwas. Ein Rennauto, das man fernsteuern kann, einen Lego-Bausatz, um ein Raumschiff zu bauen, Fußballschuhe oder ein Schnitzmesser. Lieber wäre es mir, er würde mit mir allein etwas unternehmen. Aber das will die Jessye nicht. Immer muss sie dabei sein, und immer langweilt sie sich.

Zuhause bei meiner Mama und deinem Papa geht es mir besser. Bei deinem Papa weiß ich auch nicht, wie ich ihn anreden soll. Anfangs sagte er, ich soll Gustav zu ihm sagen. Aber das kam mir komisch vor. Den Vornamen sag' ich zu jungen Leuten. So jung ist dein Papa auch nicht. Kürzlich kam die Mama auf die Idee, ich soll zum Gustav auch Papa sagen, wie du und der Andy. Aber ich hab' doch einen richtigen Papa. Und ich kann nicht zwei Papas haben. Mein richtiger Papa wird das sicher nicht wollen. Ich möchte ihn nicht kränken. Gemein finde ich es schon, dass er von uns fortgegangen ist zu einer anderen Frau, noch dazu zu dieser Jessye, die lang nicht so nett ist wie die Mama. Aber ich mag den Papa trotzdem. Warum, kann ich nicht sagen.«

»Ich versteh' das alles gut«, sagte ich. »Ich weiß auch nicht, wie ich den Ludwig anreden soll. Ich sag' überhaupt keinen Namen zu ihm, und ihn Papa zu nennen, auf eine solche Idee würde meine Mama sicher nicht kommen.«

Der Peter hatte noch etwas auf dem Herzen. Er saß stumm da und steckte seinen linken Zeigefinger zwischen die Zähne. Das tat er immer, wenn er etwas sagen wollte und nicht wusste, wie. Schließlich brachte er es so heraus: »Ich weiß, dass ihr meine Mama nicht mögt, du nicht und Andy nicht. Ich hab' auch mitgekriegt, dass ihr sie einen Drachen nennt. Ich finde das gemein. Meine Mama will nichts Böses. Sie ist sehr, sehr lieb zu mir, und sie wär' bestimmt auch lieb zu euch, wenn ihr sie nicht so garstig ablehnen würdet.«

Ich wusste nicht so recht, was ich darauf sagen sollte. Ich wollte den Peter nicht kränken. Aber ich konnte ihm auch nichts Freundliches über seine Mama sagen. »Ich weiß nicht, wie das zwischen Erwachsenen ist«, sagte ich schließlich. »Die lieben sich, und plötzlich lieben sie sich nicht mehr, und wir Kinder wissen nicht warum. Wir wollen Mama und Papa immer gern haben. Und wenn sich da jemand dazwischen drängt, dann sind wir auf den sauer. Das weißt du doch selber. Das lässt sich nicht so rasch ändern. Ich kann mich ja eher auf etwas einstellen, was nicht zu ändern ist. Der Andy tut sich schwerer. Der hat seine festen Vorstellungen, wie die Familie sein soll und an denen hält er fest, auch wenn man ihn einen Sturkopf nennt. Da wird deine Mama schon Geduld haben müssen, mit mir und vor allem mit Andy.«

»Du hast es doch gut mit deinem Bruder«, fing der Peter wieder an. »Vielleicht ist er schwierig, aber du kannst über alles mit ihm reden und ihr versteht euch auch ohne zu reden. Ich bin immer allein. Meinen Papa und meine Mama hab' ich lange geplagt, dass ich einen Bruder möchte oder eine Schwester. Gestritten haben sie und sind auseinander gegangen. Jetzt sag' ich nichts mehr zur Mama. Noch einen Stiefbruder oder eine Stiefschwester, oder wie das heißt, das würde alles nur noch komplizierter machen. Als ich damals auf der Hochzeit euch gesehen habe, den Andy und dich, hab' ich mich gefreut. Bei allem Unglück mit meinen Eltern, hab' ich mir gedacht, jetzt kriegst du doch Geschwister. Aber dann ward ihr so hässlich zu mir. Der Andy hat mich absichtlich so erschreckt, dass ich den ganzen roten Johannisbeersaft über das weiße Tischtuch gegossen hab'. Alles sah aus wie mit Blut getränkt. Ich werd' das nie vergessen.

Dann das Fußballspiel im Hof. Ich war der Kleinste und konnte nicht recht mithalten. Wie einen Idioten habt ihr mich da behandelt. Ich glaub' auch, dass der Andy mir absichtlich den Ball an den Kopf geknallt hat, dass ich ohnmächtig wurde. In der Klinik hatte ich dann wieder Hoffnung, als ihr mich besuchen kamt und mich Peter statt Kuckuck genannt habt. Aber, außer dem Namen, hat sich nicht viel geändert, jedenfalls beim Andy nicht.«

Ich fand, dass der Peter etwas viel jammert. Helfen wollt' ich ihm schon. Ich hab' ihm auf die Schulter geklopft und ihm gesagt, er soll das alles nicht so tragisch nehmen. »Wir sind doch nicht die einzigen Scheidungskinder«, hab' ich gesagt. »Die gibt es wie Sand am Meer. Irgendwie überstehen es die meisten. Und Einzelkinder gibt es auch jede Menge. Da hast du doch Vorteile. Du musst deine Mama und Geschenke nicht mit Geschwistern teilen. Freunde kannst du dir holen. Überall gibt es Kinder, in der Schule, im Haus und in der Nachbarschaft. Quatsch sie halt an, hemmungslos. Mir macht das keine Probleme. Warum willst du absolut den Andy als Freund? Mit dem hab' ich schon genug Probleme. Der muss erst wieder mit sich selber zurecht kommen. Wir beide verstehen uns doch ganz gut. Vielleicht können wir uns öfter sehen, wenn der Andy nicht dabei ist, so wie heute. Der, glaub' ich, kommt nicht mehr so oft mit am Samstag. Der wird jetzt immer wieder sagen, dass er lernen muss. Schlecht genug geht es ihm ja in der Schule. Ich hab' da keine Probleme. Ich lern' so viel, dass ich meine Zweier krieg! Einser, das wär' übertrieben.«

Regen kam auf und es wurde kalt auf unserem Treppenabsatz. Ich glaube, der Peter war ganz zufrieden, als ich mit ihm wieder hinaufstieg in die Wohnung, die er mit meinem Papa und seiner Mama teilte.

XVI

Die Angelika seh' ich nur noch selten. Der Ludwig kommt öfter. Aber seine Tochter bringt er meistens nicht mit. Neulich war sie wieder einmal dabei. Ich hab' sie gefragt, warum sie so selten kommt. »Weil meine Mama das nicht mag«, hat sie gesagt. Ich bohr' ja dann weiter, wenn ich neugierig bin und den Grund wissen will. »Die Mama sagt, diese zwei ungezogenen Jungs sind kein Umgang für dich«, rückte die Angelika schließlich heraus. Wenn ich schon »Jungs« höre, kann ich mir die Frau ungefähr vorstellen. Gemütlich kann es bei der nicht zugehen. Und dann »ungezogen«. Die kennt uns doch gar nicht. Die hat uns noch nie gesehen. »Was hast du ihr denn Böses über uns erzählt?«, hab' ich die Angelika gefragt. »Eigentlich nichts«, hat sie geantwortet. »Allenfalls die Geschichte von dem Radunfall, und dass der Andy mich nicht mag, du aber schon.« »Warum bin ich dann ungezogen?« »Weiß ich doch nicht!«, gab die Angelika übellaunig zurück. »Du frägst so viel. Die Mama ist immer dagegen, wenn ich etwas tun will, was mir Freude macht. Und ganz besonders, wenn es etwas ist, was mit dem Papa zusammenhängt. Sie mag mich genauso wenig wie den Papa. Wenn ich irgend etwas mache, eine Bewegung oder eine Bemerkung, sagt sie gleich: »Wie dein Papa, genau wie dein Papa!« Und dabei schaut sie mich ganz bös' und verächtlich an. Sie schimpft mich auch, weil ich nicht freundlich genug bin zum Ben. Ben ist ihr jetziger Mann. Wegen dem ist sie von Papa weggezogen. Ich kann den Ben einfach nicht riechen. Ich mein' das wörtlich. Der gießt jede Menge Parfüm über sich. Er sagt, das sei männliches Parfüm. Das rieche nach Juchtenleder. Ich finde den Geruch widerlich. Von Beruf ist der Ben Autoverkäufer. Er verkauft Porsche.«

»Toll!«, warf ich ein. »Dann fährt er bestimmt auch selber einen

Porsche.« Aber bei der Angelika konnte ich damit nicht punkten. »So seid ihr Jungens, große und kleine«, sagte sie. »Mit schnellen Autos angeben und sonst nichts im Kopf. Jedenfalls der Ben ist so. Immer feine Anzüge und dazu knallgelbe Krawatten und die Haare gegelt. Autos verkaufen, schnell fahren, Golf spielen, Sport sehen im Fernsehen und Illustrierte lesen oder so komische Magazine. Das ist alles.«

»Du übertreibst sicher«, wandte ich ein. »Du findest alles schlecht an diesem Ben, weil du an deinem Papa hängst, und der Andy findet alles schlecht an deinem Papa, weil er an unserem Papa hängt. So ist das eben.«

Das hätte ich nicht sagen sollen. Immer merk' ich es zu spät, wenn die Angelika empfindlich wird. Ganz zornig wurde sie und laut. »Das kannst du doch nicht vergleichen. Du kannst doch nicht meinen Papa mit diesem Ben vergleichen. Schrecklich ist dieser Ben. Der knutscht an meiner Mama herum, wenn ich dabei stehe. Ich kann das nicht sehen. Ekelhaft ist das. Geschmacklos ist der. Wenn ich eine Mozart-CD höre, sagt er, ich soll das Gesäusel ausmachen. Dabei ist Mozart mein Lieblingskomponist. Er hört lieber doofe Schlagersängerinnen an. Und so was vergleichst du mit meinem Papa!«

»Ich vergleich' ihn doch nicht«, versuchte ich zu beschwichtigen. »Ich meinte ja nur, dass ihr beide an eurem Papa hängt, der Andy und du. Aber wenn du deine Mama nicht magst und den Ben schon gleich gar nicht, warum lebst du dann nicht bei deinem Papa. Der hat doch eine eigene Wohnung und ist als Lehrer viel daheim, wie meine Mama auch.«

»So schlau wie du war ich schon lang«, meinte die Angelika. »Aber der Papa sagt, bei der Scheidung hat das Gericht entschieden, dass ich bei meiner Mama leben muss. Und dazu bin ich verurteilt, bis ich erwachsen bin.«

»Komisch«, sagte ich, »alle Scheidungskinder leben bei ihrer Mama. Du, der Peter, der Andy und ich. Beim Peter passt es ja und bei mir auch. Aber bei dir passt es nicht.« Und dann schoss mir so eine Idee in den Kopf. Die hätt' ich nicht ausplaudern sollen. Die war wieder nicht gründlich überlegt. Aber so ist das bei mir. Oft red' ich, bevor ich gedacht hab'.»Vielleicht«, sagte ich, »zieht dein Papa ja eines Tages zu uns. Dein Papa und meine Mama, die mögen sich doch. Warum sollten sie da immer getrennt leben! Und wenn dein Papa bei uns ist, vielleicht erlaubt das Gericht dann, dass du auch zu uns ziehst. Ich fände das prima. Bei uns kannst du Mozart hören, so viel du willst, obwohl ich kein Trompetenkonzert von ihm kenne. Dein Papa kann auf seiner Geige ja auch mal eine Mozart-Sonate spielen statt immer Beethoven. Stundenlang sollte er allerdings nicht geigen, damit ich genügend Trompete üben kann. Beides gleichzeitig geht nicht. Das haben wir schon ausprobiert.«

Angelikas Gesicht wurde immer finsterer, während ich redete. Dann brach das Ungewitter aus.»Ich will nicht zu euch!«, schrie sie.»Ich hab' mit deiner Mama nichts zu tun. Und der Andy mag mich auch nicht. Ich will zu meinem Papa, ganz allein zu meinem Papa. Und teilen will ich ihn mit niemand. Verstehst du? Mit niemand! Und immer kommst du mit deiner blöden Trompete. Blech ist das, nichts als Blech! Und Blech redest du auch. Eine Geige ist da tausendmal edler. Die ist nicht aus Blech. Die ist aus edlem Holz. Und wie mein Papa Geige spielt, das kannst du mit deinem Trompeten-Gekrächze gar nicht vergleichen, und wenn du noch so lange im Kreis herumatmest, du Schwachkopf!«

Das waren lauter Hammerschläge, direkt auf den Kopf, und das alles wegen meiner unausgegorenen Idee, die ich einfach so ausgequatscht habe. Natürlich hab' ich nicht kapituliert, sondern meine Trompete verteidigt, und so ging es noch eine Weile hin und her, Trompete gegen Geige, Blech gegen Holz. Besser wurde dadurch nichts. Angelika und ich waren zerstritten.

Heulend lief sie zu ihrem Papa.»Schlecht ist's mir«, jammerte sie.»Ich will gehen«. Sie zerrte so lange an seinem Rockärmel, bis er nachgab und mit ihr aus dem Haus trottete.

Die Mama war nicht gut auf mich zu sprechen, danach.»Was hast du denn wieder Dummes angestellt mit der Angelika«, hat sie mich gefragt.»Die war ganz durcheinander und wollte keine Minute länger bei uns bleiben.« Es war mir peinlich. Aber ich hab' der Mama doch meinen Vorschlag gebeichtet, dass der Ludwig zusammen mit der Angelika zu uns zieh'n soll. So übel nahm sie das gar nicht auf. Im Gegenteil, sie schaute gleich viel freundlicher.

»Dann hättest du also nichts dagegen, wenn der Ludwig bei uns wohnt?«, fragte sie. Ich wartete eine Weile mit der Antwort und schaute die Mama ganz cool an; »Na ja«, sagte ich schließlich, »wenn du das unbedingt willst und er nicht zu viel Geige spielt. Und die Angelika, die sollte er mitbringen. Das muss der Ludwig dem Gericht beibringen. Und den Andy, ja den Andy, den werden wir schon überzeugen.«

Die Mama lachte ganz fröhlich über diese Antwort. Vielleicht hat sie sie auch nicht ganz ernst genommen. Jedenfalls nahm sie mich in den Arm und küsste mich auf beide Backen. Das hatte sie schon lange nicht mehr getan. So hat der Streit Blech gegen Holz doch ein gutes Ende genommen.

XVII

Vor einer Woche ist der Ludwig bei uns eingezogen. Er hat nicht viel mitgebracht, einen Schreibtisch, viele Bücherregale mit Büchern, einen Kleiderschrank, einen Laptop und seine Geige. Alles andere hat er verkauft, auch den Yamaha-Flügel. Zwei Flügel hätten nicht in unser Wohnzimmer gepasst. Der Andy ist sauer. »Du bist schuld«, hat er mich angeschnauzt. »Du hast der Mama erlaubt, dass sie den Ludwig ins Haus holt.« Als ob die Mama sich da nach mir richten würde. Der Andy kann genauso gut sagen, ich hab' dem Mond erlaubt, dass er sich um die Erde dreht. Übrigens ging's mir ja um die Angelika und nicht um den Ludwig. Die Angelika hat er nicht mitgebracht. Nicht einmal besucht hat sie ihn bisher bei uns.

Die ersten Tage war der Andy ganz komisch. Er wollte nicht mit dem Ludwig an einem Tisch essen. Er nahm seinen Teller und ging damit in die Küche. Die Mama hat ihn deswegen nicht geschimpft. Sie hat ihn einfach gehen lassen. Der Ludwig hat auch nichts gesagt. Ich hab' mir überlegt, ob ich mit dem Andy in die Küche gehen soll, damit er dort nicht so allein ist. Aber dann wollte ich das der Mama nicht antun. Das wäre ja so eine Art Kriegserklärung gewesen.

Ich hab' keine besonderen Probleme mit dem Ludwig. Er redet immer freundlich mit mir. Geige hat er bisher nur ein einziges Mal geübt. Vielleicht übt er manchmal, wenn ich nicht daheim bin. Ich spiele jeden Tag Trompete. Er hat sich noch nie darüber beschwert, auch nicht, wenn er gerade an seinem Schreibtisch sitzt und Schulaufgaben korrigiert.

Merkwürdig ist es schon: Plötzlich wieder ein Mann im Haus. Papa ist ja auch seit über fünf Jahren weg. Morgens im Bad singt der Ludwig mit seiner tiefen Bassstimme so vor sich hin. Bisher war nur die gellende Stimme von Mama zu hören, wenn sie uns zur Eile antrieb. Andy und ich haben ein eigenes kleines Bad, einen Stock tiefer. In den ersten Tagen hat mich ein merkwürdiger Summton gestört, der von oben kam, bis ich kapiert habe, dass das der elektrische Rasierapparat vom Ludwig ist.

Wenn ich ihn aus Mamas Schlafzimmer kommen seh', das jetzt auch sein Schlafzimmer ist, tauchen manchmal Bilder in mir auf, wie der Papa da herauskam oder wie der Andy und ich in den letzten fünf Jahren hin und wieder bei der Mama in dem großen Doppelbett lagen, wie wir mit ihr darin herumtollten oder ihr zuhörten, wenn sie uns aus einem spannenden Buch vorlas. Das ist jetzt alles vorbei, denk' ich dann und ich spür' so eine Übelkeit im Magen, die immer kommt, wenn mich etwas aufregt. Aber dann dräng' ich das alles einfach weg und zwing' meine Gedanken woanders hin: zu meiner Trompete, zum Fußballspielen mit meinen Freunden oder zur Angelika, die vielleicht doch noch an mich denkt. Ich glaub', der Andy, der kann das nicht so, die dunklen Gedanken wegdrängen, bei dem bleiben sie einfach hängen. Vielleicht hält er sie auch absichtlich fest. Reden tut er überhaupt nicht über den Ludwig und die Mama und das alles. Aber ich merk' trotzdem, dass er daran denkt.

Nichts will er mit dem Ludwig gemeinsam haben, nicht einmal den Schulweg. Sie gehen jetzt ja alle Drei in dasselbe Gymnasium, Mama und Ludwig als Lehrer und Andy als Schüler. Nur ich bin noch in der Grundschule. Der Ludwig und die Mama fahren mit dem Auto. Sie nehmen mich mit und setzen mich unterwegs an der Grundschule ab. Natürlich würden sie auch den Andy mitnehmen. Aber der will nicht. Er geht eine viertel Stunde früher aus dem Haus und fährt mit dem Bus.

»Du bist ja blöd«, hab' ich zu ihm gesagt. »Du kannst eine viertel Stunde länger im Bett bleiben. Du sitzt mit mir hinten im Auto. Wir können miteinander quatschen und Gaudi machen und der Ludwig vorne am Steuer geht uns nichts an.« »Du hast keinen Stolz«, hat er mir geantwortet. »Ich lass' mich nicht von diesem Ludwig chauffieren.«

Immerhin, am Küchentisch isst er seit gestern nicht mehr. Tag für Tag hat die Mama für ihn an unserem Tisch im Wohnzimmer gedeckt und Tag für Tag hat er seinen Teller hinausgetragen in die Küche. Gestern ließ er ihn stehen und setzte sich zu uns. Alle haben wir so getan, als ob es schon immer so gewesen wäre. Niemand hat etwas dazu gesagt. Der Andy löffelte seine Suppe und schwieg auch. Die Mama und der Ludwig unterhielten sich über die gestiegenen Obstpreise und darüber, dass auch Butter und Milch teurer geworden sind. Schließlich platzte ich heraus: »Nett, dass der Andy wieder mit uns isst!« Da starrten mich alle an, als hätte ich »Scheiße« gesagt oder irgend so ein Unwort. Der Andy brummte »Quatschkopf«. Die Mama sagte: »Keine fünf Minuten kannst du den Mund halten.« Dann redete sie wieder über Preise.

Für die Schule tut der Andy gar nichts mehr. Ich sehe ihn nie lernen oder Hausaufgaben machen. Fast jeden Nachmittag geht er weg zu Freunden oder zum Schachspielen mit dem Papa. In den Klassenarbeiten schreibt er nur noch Fünfer und Sechser. Die legt er dann stillschweigend der Mama auf den Küchentisch zum Unterschreiben. Meistens tut sie das, ohne etwas dazu zu sagen.

Neulich redete sie doch, als ich dabei stand. »Andy«, sagte sie, »sei doch vernünftig, du schadest doch nur dir selbst, wenn du nicht lernst, und nicht mir oder dem Ludwig. Ohne Schulabschluss kannst du keinen ordentlichen Beruf erlernen. Und ohne einen Beruf, der dich interessiert, bleibst du unzufrieden und arm, dein Leben lang. Du bist doch alt genug, um das zu begreifen und kein Kind mehr, das aus Trotz sich selber schlägt. Ich helf' dir gerne, wenn du nur endlich wieder den guten Willen hast, voranzukommen.« So etwa, hab' ich die Mama verstanden. Ich fand es auch richtig, was sie sagte. Sie hat nicht geschrien, wie früher oft. Sie hat auch nicht mit dem Zeigefinger Löcher in die Luft gebohrt. Sie war ganz ruhig.

Der Andy hat ziemlich betreten dreingeschaut, und ich sah ihm an, dass er überlegte, was er tun soll. Vielleicht, dachte ich, lenkt er jetzt ein. Aber dann lachte er so komisch. Das war kein fröhliches Lachen, eher ein trauriges Gemecker. »Ich hab' keinen

Bock auf diese Scheiß-Schule«, sagte er, drehte sich um und ging auf sein Zimmer.

Gestern hab' ich ein Gespräch belauscht zwischen der Mama und dem Ludwig. Sie dachten, ich sei im Garten. Ich war aber auf meinen leisen Turnschuhen hereingekommen, um aufs Klo zu gehen. Als ich durch den Gang lief, hörte ich sie in der Küche reden. Ich blieb stehen und horchte an der Türe. Alles konnte ich nicht verstehen, aber doch genug, um rauszukriegen, um was es ging. Dass der Andy mit Sicherheit durchfällt am Ende der fünften Klasse, sagte die Mama, und dass es keinen Sinn macht, wenn man ihn die Klasse an dieser Schule wiederholen lässt. Der Ludwig war derselben Meinung. Er machte den Vorschlag, man sollte es mit einer Internatsschule versuchen. Dann haben sie über verschiedene solche Internate geredet, die ich alle nicht kenne. Jedenfalls sind sie weit weg von hier. Gejammert haben sie schließlich über das viele Geld, das man für den Besuch einer Internatsschule bezahlen muss. Die Mama sagte, dass sie mit dem Papa darüber reden will. Der muss auch einen Teil bezahlen, meinte sie.

Dann hörte ich Schritte in der Küche. Dem Tritt nach muss es der Ludwig gewesen sein. Ich hatte Angst, dass er die Tür öffnen wird. Also ging ich schnell weiter und verschwand in der Toilette.

Der Gedanke, sie könnten den Andy in ein Internat stecken, machte mich sehr traurig. Seit ich auf der Welt bin, ist der Andy bei mir. Wir haben uns oft gestritten, eine Zeitlang auch viel gerauft, aber ein Leben ohne ihn, das kann ich mir gar nicht vorstellen, das wäre schrecklich öd' und langweilig.

Am Abend hab' ich dem Andy erzählt, was ich hinter der Küchentür gehört hab'. Zuerst sagte er: »Am besten ist's, du kommst auch mit ins Internat. Dann haben wir den ganzen Schwindel hinter uns, das Durcheinander mit dem Ludwig, dem Kuckuck und dem Drachen.« Dann aber wurde er nachdenklich und meinte: »Das geht ja nicht. Du kommst ja noch nicht ins Gymnasium. Du musst erst die vierte Klasse Grundschule besuchen. Traurig wird das schon! Ein Jahr ohne dich! Aber dann kommst du nach. Dann bleiben wir zusammen bis zu meinem Abitur!«

Überrascht war ich schon, wie schnell sich der Andy mit dem Gedanken an das Internat abgefunden hat, auch damit, dass wir uns trennen müssen.

Ich lag noch lange wach an diesem Abend und hab' an ein Leben ohne Andy gedacht und wie traurig das sein müsste.

XVIII

Dass der Andy in der Schule durchgefallen ist, hat niemand mehr überrascht. Es gab auch keine großen Auseinandersetzungen, als er Ende Juli das Zeugnis mit zwei Sechsern nach Hause brachte. Längst war er in der Internatsschule angemeldet, und ich hatte den Eindruck, er freute sich auf den Wechsel im September.

Bisher hatten wir in den großen Ferien immer eine größere Reise gemacht. Dieses Jahr sagte die Mama: »Wir müssen sparen. Andys Internat kostet viel Geld. Ich hab' eine kleine, preiswerte Pension gefunden an einem bayerischen See. Die können wir uns für zehn Tage leisten. Wir müssen uns zu dritt ein Zimmer teilen. Aber das kann ja auch ganz lustig werden.«

»Und was macht der Ludwig?«, fragte ich. »Er fährt allein mit der Angelika weg, auch für zehn Tage.« Ich hatte gehofft, wir könnten gemeinsam mit der Angelika Ferien machen. Aber das hatte wohl ihre Mutter wieder nicht erlaubt.

Es wurden glückliche zehn Tage für uns drei aus der alten Familie. In dem Pensionszimmer standen ein Doppelbett und eine Liege. Andy und ich haben uns gleich geeinigt, dass wir uns abwechseln, eine Nacht im Doppelbett und die nächste auf der Liege. Oft lagen wir aber auch zu dritt im Doppelbett, und Mama hat uns vorgelesen oder Geschichten erzählt aus ihrer Kinderzeit.

Tagsüber waren wir am See, sind um die Wette geschwommen, haben Boccia gespielt oder sind über den See gerudert in einem alten Ruderboot, das zur Pension gehörte. Immer hat die Mama mitgemacht, nicht so halbherzig, von oben herab, sondern mit vollem Einsatz als wäre sie eine von uns. Gekrault ist sie mit einem Tempo, dass wir nicht mithalten konnten, der Andy und ich.

Als wir staunten, hat sie uns erzählt, dass sie als Schülerin im Sportverein trainierte und bei Wettkämpfen startete. Das hatten wir gar nicht gewusst.

Der Andy ist richtig aufgetaut in diesen Tagen. Plötzlich war er wieder wie in der Zeit bevor der Ludwig bei uns aufgetaucht ist. Er konnte mit der Mama reden wie mit mir, und er hat sich auch nicht mehr gesperrt, wenn sie ihn umarmte.

Die restlichen Ferien vergingen sehr schnell. Dann kam der Tag des Abschieds. Der Andy fuhr mit der Bahn zur Internatsschule und die Mama begleitete ihn. Papa war mit mir zum Bahnhof gekommen, um Andy »Auf Wiedersehen« zu sagen. Der Ludwig hatte gemeint: »Es ist besser, wenn ich nicht mitkomme.« So war die alte Familie wieder unter sich. Der Papa und der Andy umarmten sich sehr herzlich und Papa sagte, der Andy solle das Schachspiel nicht vergessen. Andy und ich versprachen uns gegenseitig, Briefe zu schreiben, möglichst jede Woche einen. Der Andy sollte damit anfangen.

Dem Zug habe ich nachgewunken, bis er in einer Kurve verschwand. Dann hat mich der Papa bei der Hand genommen und ist mit mir zu seinem Auto gegangen. Ich war den ganzen Tag schweigsam und benommen.

Nach einer Woche kam der erste Brief. »Lieber Quirin«, schrieb der Andy, »nun bin ich eine Woche im Internat und es wird Zeit, dass ich mein Versprechen halte und dir schreibe. Ich bin in einem Zimmer mit drei anderen Jungens untergebracht. Jeweils zwei schlafen übereinander. Ich liege unten. Meine Zimmergenossen sind sehr nett und sportlich. Einer hat in den ersten Tagen seinen kleinen Radio viel und laut aufgedreht. Aber das haben wir ihm rasch abgewöhnt. Bald hat es sich herausgestellt, dass wir alle vier Eltern haben, die geschieden sind. Die Probleme sind bei allen ähnlich. Dass es vielen so geht, ist auch ein Trost.

Hausaufgaben machen wir hier unter Aufsicht. Da muss man wohl oder übel mitmachen. In der Klasse sind wir nur zwölf. Abschalten oder Unfug treiben ist da nicht drin. Es fehlt die Deckung. Ich hab' hier aber auch wieder Lust, etwas zu lernen.

Die Lehrer können einen für ihr Fach begeistern. Besonders der Geschichtslehrer.

Ich denke gern an die zehn Tage am See. Die Mama war da wunderbar. Du fehlst mir sehr!

Tschüss Dein Andy«

Ich hab' ihm am nächsten Tag geantwortet.

»Lieber Andy, über deinen Brief hab' ich mich sehr gefreut. Was du über das Internat schreibst, klingt ja gut. Ich bin trotzdem lieber zu Hause, auch wenn die Lehrer mich nicht begeistern und wir in der Klasse 30 sind, was, wie du richtig schreibst, den Deckungsvorteil hat. Mit Mama und dem Ludwig komm' ich gut zurecht. Ich finde, die Mama ist viel entspannter seit den zehn Tagen am See. Die Angelika hat mich schon zweimal besucht, seitdem du weg bist. Ich hab' Federball mit ihr gespielt und Legohäuser gebaut. Aber ich komm' nicht so recht klar mit ihr. Sie ist so empfindlich und ich muss mir jedes Wort überlegen, das ich zu ihr sage. Mädchen sind eben anders.

Du fehlst mir sehr. Wir waren immer auf derselben Wellenlänge. Wir müssen unbedingt bald wieder zusammenkommen. Aber nicht so wie du gemeint hast. Ich will nicht in einem Jahr in eines dieser Viererzimmer mit Stockbetten ziehen und unter Aufsicht Hausaufgaben machen. Daheim hab' ich es da viel schöner. Niemand sagt, dass alle Scheidungskinder ins Internat müssen. Wenn du jetzt wieder lernen kannst, schaffst du doch die Versetzung im nächsten Jahr. Dann kommst du zurück, und wir gehen zusammen in das hiesige Gymnasium. Das mit dem Ludwig ist doch kein Problem. Mama und wir beide, die alte Familie, wir sind in der Überzahl. Der muss sich nach uns richten, und nicht wir uns nach ihm.

Schreib' mir bald, was du von meinen Plänen hältst.

Tschüss Dein Quirin«

Ich bin sehr zuversichtlich, dass der Andy meinen Plan gutheißt. Wenn nicht gleich, dann eben später. Ich werde da nicht locker lassen. Wir müssen wieder eine richtige Familie werden. So gut es halt geht, ohne den Papa, der ein Außenseiter geworden ist. Aber den Ludwig, den machen wir einfach zu einem von uns.